# Her Words

# My Inspiration

# Flairs and Glairs

Publication House

*"Her Words My Inspiration"*

**ISBN No: " 9789391302740"**
**1st Edition**
Language – English and Hindi

**Flairs and Glairs**
**Publication House**
Regd. Under MSME Act.

---

# Disclaimer

This is a work of fiction and solely represent the thoughts of the corresponding authors of the articles. Our editors have tried their best to edit the content of all the authors and check the plagiarism.

All the write-ups in this book are unique and are only published in this book.

In case any plagiarism or error is found, only the author is responsible alone, and not the publisher or the Compilers.

**Cover Designing and Book Formatting**
*Shubham Shah and Ishani Agarwal*

# Acknowledgement

A warm welcome of all the readers,

Completing this anthology was never easy, without the omnipotent forces which acted in our favor.
I am grateful to the universe for guiding me all the way in bringing this book to the extent of success.
I am thankful to my parents who acted as a backbone by their contribution in furnishing my talent, and to reach and achieve whatever I have today.
A million special thanks to my honorable Dr. Bansal, for their magical motivational words, which boosted my self confidence and helped to take stand   for my dreams. I feel a positive gratitude towards them. They laid a base for my pillar to stand and no words could ever complement their self-less favor.
For the efforts of my co -authors, whatever they wrote in the book and for the book, they deserve a  true appreciation, over just a word Thank you!!! This book is a reward of their precious time and beautiful write ups.
I am  highl y obliged to   each  and every  co -author for their participation.
A big thank to all those who contributed in this anthology in some way or the other.

Thank you.

Now, let's dive i nto the warmth of mother's love and feel inspired by her words.

# Co-Authors

**SHUBHAM SHAH**
*(Founder- Flairs and Glairs)*
**ISHANI AGARWAL**
*(Co-Founder- Flairs and Glairs)*
**GARIMA AGGARWAL**
*(Compiler)*

1. Devesh Dinwant Pal
2. Neha Aggarwal
3. Rakesh Lohat
4. Alisha
5. Ashish Gautam
6. Kajal Kumari
7. Osheen Khan
8. Vaibhav Gupta
9. Kavya Malik
10. Archishman Sa Tpathy
11. Payal Priyardarshini Palei
12. Abhishek Prasad Gupta
13. Agrima Viraj
14. Ayush Mondal
15. Jasmine Panda
16. Piyush Shukla
17. Dolly Vadhvani
18. Avantika Yadav
19. Meetu Chopra
20. Ankita Nahar
21. Kiran M
22. Vanessa Christian
23. Shalini B.S
24. Mohana Priya S.K

25. Reema Biswas
26. Payal Kamdi
27. Rashmi Baweja
28. Ankita Sahoo
29. Nilofar Farooqui Tauseef
30. Debanjali Adhikary
31. Neeti Yadav
32. Grishma Ninave
33. Mansi Mukund Relekar
34. Sushmita Ray Choudhury
35. Namisha Barik
36. Surekha Wankhede
37. Rajesh Satpate
38. Shreya Pokhriyal
39. Yasharsh Kiyan
40. Prerna Sinha
41. Sapna Kushwaha
42. Vedanshi Saxena
43. Ms. Ishrat Jahan Noormohammed Khan
44. Sonal Gupta
45. Pratyusha Pattanaik
46. Anjali Vadhvani
47. Shreyasi Rath
48. Andleeb Kamal
49. Nihal Chheepa
50. Gargi Ghosh

# Shubham Shah

## (Founder - Flairs and Glairs)

Shubham Shah, an entrepreneur at "Flairs & Glairs" a brand with dynamics in events organizing and cultural educational pan INDIA, is a 26yrs old guy who recently has entered the digital platform of imprinting emotions. He has initiated with his own open mic platform to hel p budding poets and aspiring writers under his brand named as "Teekhe Zasbaaat"

He is a commerce graduate from the Bhagalpur City of Bihar.

He states Writing has impersonated him since childhood and he has now been writing for over a decade!

Cooking, on the other hand, is his passion! He also mentions, trying out new things just tickles him!

When asked sir, Why SPICY EMOTIONS?

He smiled and added, "agar jasbaat teekhe na ho toh wo jasbaat kahan" Spices are all that blends! So do his words!

As a chef, he presents to you his dish! Hot and freshly served! Taste it! Feel it! Enjoy it! You can also find his writing in the Book "Teekhe Zasbaaat" and 50+ Co -authored anthologies. With his passion to explore opportunities across Platforms, he is working with keen dev   otion and We wish him all the very best for his future ventures.

He is Featured in the International Magazine DeMode for his upcoming solo novel.

He is Approved by Ne8x for its Lit Fest, and is a Golden Star Awards 2020 Winner.

He is a India Book of Records Holder for his Anthology Satrang, and has the Grandmaster title by Asia Book of Records, for the same.

He has also been featured in Prabhat Khabar, Dainik Jagran, and a lot of other Newspapers in Bihar for his achievements.

He has been a proud co-author to

India Book Of Records (Title- Black)

World Book Of Records (Title -15 Wonders of Poetries)

India Book Of Records (Title - Aaina)

Vajra World Records Holder (Title - Gustakhi Maaf Hai)

High Range of Records Holder (Title - Gustakhi Maaf Hai)

Indian Book of Records

(Title - Road from Worst to Best)

Share your reviews on his

INSTAGRAM
> @spicy_emotions
> @shubham4shah

Or via email on
> shubham2shah@gmail.com

To stay tuned to his work and opportunities follow his business Handles

INSTAGRAM          FACEBOOK          YOUTUBE

> @flairsandglairs
> @teekhezasbaaat

WEBSITE:
> https://flairsandglairs.in/
> https://flairsandglairs.com/

# Ishani Agarwal

## (Co-Founder- Flairs and Glairs)

Ishani Agarwal hails from the City of Joy, Kolkata.
She is the co -founder of her Community  "Teekhe Zasbaaat"
and Flairs and Glairs Publication.
Been a Compiler for 45+ Anthologies, she is in the process
for more. Co -authored in 150+ Anthologies. She is a India
Book of Records Holder, a Vajra World Records Holder, a
High Range of Records Holder,   an OMG Book of Records
Holder, a Bravo Record holder, a Forever Star Book of
World Records and an Indian Book of Records Holder.
Approved by Ne8x for its Lit Fest 2020, and Literary Icon
2020. Also a Golden Star Awards Winner 2020.
She has also been award  ed with India Star Republic Award
2021, a part of She Awards by Awards Arc and Winner of
Nari Samman 2021 by Literoma.

She is also selected as Best Achiever of the Year by AwardsArc and Most Challenging Compiler Award by Spectrum Awards.
She got her first solo Published,a solo Compilation consisting of first 750 contents of hers, titled "Hand That Burnt While Healing".

She has been featured by the National Magazine "Taree Zameen Par" with the title 'unstoppable'.
Also featured in the International Magazine  DeMode for her upcoming solo novel, she is proud to write on social issues, and is happy with the love she is receiving.
Connect with her on Instagram: @Ishani_agarwal_quotes / @compilations_so_far

# GARIMA AGGARWAL

**Garima Aggarwal**, a romantic poetess is born and brought up in a divine city **Haridwar, Uttrakhand**. She has completed her graduation in Bachelor of Commerce after which she completed Bachelor of Education in 2020. She has also qualified Central Teacher Eligibility Test in her vary first attempt. Currently she is pursuing Masters of Arts with specialization in Economics and preparing for a government teacher job in Central school, Kendriya Vidyalaya. By profession, she is a teacher, but a passionate writer from heart. She is so much in love with poetries that she got appreciated by her principal and teachers for her beautiful write ups many times. She acquired these writing skills from her mother **Mrs. Nidhi Aggarwal** , who is herself a writer. For Garima, her mother is a source of inspiration, who is also a teacher and a writer as well. 12 She is a well known social activist, **working in an NGO, SEVA BHARTI** which aims

and works for the welfare of weaker sections of society, imparting them free education and developing in them ski lls of self-reliablity. For which,  in January 2021 , she has been nominated with **WAH! WOMANIYA, Women Excellence Awards, by NA CULTURAL SOCIETY, Chandigarh** for her dedication and services to the nation in the field of education.

She started her journey of a published co-author from an anthology **"LIFE"**, published under **Flairs and Glairs Publication House**. Further which she participated in so many anthologies. And till now she has worked as a co-author in more than 28 anthologies.

After being a co -author, she is a compiler of  **3 anthologies**, with 3 different themes,  **"Secret Love", "Mother's Love", and "Love for nation"** . These days, she is working on her 2 solo books, one is launching specifically this year in the month of October and the other will also be ava   ilable in the market very soon.

Besides being a teacher by profession, and a poetess by heart, she is a comedy queen who well knows how to fill her surroundings with vibes of positivity and smiles.

**She would love to dedicate her all 3 compiled anthologies "LET DESTINY FIND YOU", "HER WORDS, MY INSPIRATION" and "AE MERE VATAN" and her all the upcoming solo books to her dear Mother.**

**"Her Words, My Inspiration" is a birthday g   ift for her mother.**

She has a favorite quote, quoted by her,

**"NEVER FORGET TO LOVE AND LET LOVE FIND YOU"**

 She is a destiny believer and holds an opinion that one should never forget to love because love given always find magical ways to revert back to the giver.

To read what she shares over her social media,

Follow her on Instagram: @baniyahaiji.568

# तेरे शब्द मेरी प्रेरणा

ख़ामोशी हूँ मैं तो, मेरा राज़ है तू,
लिखती हूँ मैं तो, मेरे अलफ़ाज़ है तू।

पढ़ूं अगर मैं तो, मेरी नमाज़ है तू,
दुनिया हूँ मैं तो, मेरा समाज़ है तू।

कहानी हूँ मैं तो, मेरा सार है तू,
परछाई हूँ मैं तो, मेरा व्यवहार है तू।

तक़दीर हूँ मैं तो, मेरे साथ है तू,
बिन तेरे ओ माँ, खाली हाथ हूँ मैं।

दुआओं से तेरी ही, महफूज़ हूँ मैं,
साया तू मेरा, तेरी उपज़ हूँ मैं।

तेरे शब्दों से ही माँ, कामयाब हूँ मैं,
मान मैं तेरा, तेरा सम्मान हूँ मैं।

# जन्मदिन की ढेरों बधाई माँ....
## (17 अगस्त)

एक दिन ऐसा, मधुर-सरस जैसा,
था बधाइयों से भरा, और खुशिओं से सजा।
था पावन सा हर शगुन,
था दूर जिस से हर अवगुण।
था छल ना जिसमे,
था कपट भी ना उसमे।
था नज-मस्तक चमन ही वहाँ,
था ठहरा समय का चक्र भी जहाँ।
है बरसी ये रहमत वहाँ,
आप की जन्म-स्थली है जहाँ।
है लगता आज भी हर साल वहाँ,
बहारों के जैसा गालों पर गुलाल जहाँ।
है शुभता का प्रतीक, आपका यह दिन,
जन्मदिन के नाम से जो है प्रसिद्ध।
बधाई देते है हम आज आपको जन्मदिन की
दुआ करते है खुश रखे खुदा सदा आपको,
जिनसे आबाद है हमारा सारा ही जहां।

# DEVESH DINWANT PAL

जब हम कवितायेँ या कहानियाँ नहीं लिखते हैं, तब वे हमारे साथ घट रहीं होती हैं , विवेक शुक्ला 'विद्रोही' की यह पंक्तियाँ देवेश दिनवंत पाल के लेखन के लिए एकदम सटीक स्थान पर दिखाई देती हैं | एक लेख़क या कवि के तौर पर उनका झुकाव नए साहित्य और पुराने साहित्य से मिलता जुलता सा कुछ लिखने की ओर ज्यादा ही है, और यह बात उनके लेखन में साफ़ साफ़ देखी जा सकती है | उनका पूरा नाम देवेश सिंह पाल है लेकिन कलम के प्रेमी होने के कारण अपने नाम में थोड़ी सी तब्दीली करके वह अपने सभी शब्दों को पाठकों के सामने देवेश दिनवंत पाल नाम से ही रखते हैं | वह मौजूदा समय में कंप्यूटर विज्ञान से स्नातक की शिक्षा प्राप्त कर रहे हैं और साथ ही साथ अपनी डायरी और कलम को भी पूरा वक्त देते हैं जिसमें वह अपने नए लेखों और कविताओं को संजोकर रखते हैं |

**Follow him on Instagram: @Kavyanama_official**

# प्रस्तावना

माँ, एक अक्षर और दो मात्राओं से बना एक ऐसा शब्द जो लिखने में बहुत छोटा है लेकिन आज तक ऐसी कोई लेखनी नहीं बनी जो माँ जैसे विषय को शब्दों के बंधन में बाँध सके | जैसा कि मैंने अपने इस लेख में भी लिखा है कि माँ जैसे विषय पर यदि पूर्ण रूप से लिखा जाये तो शायद कोई बड़ा ग्रंथ ही बनकर तैयार हो जाये | इस लेख को लिखने के पीछे भी एक अपनी ही कहानी है जिसके कारण ही यह लेख मेरे अब तक के साहित्यक जीवन का सबसे पहला लेख है | पहली बार यह लेख किसी किताब या पत्रिका का हिस्सा बनने जा रहा है अन्यथा यह अभी तक मेरे डायरी के पन्नों तक ही सीमित था | इस लेख को लिखने की प्रेरणा मुझे कुछ एक साल पहले किसी आर्टिकल से ही मिली थी जोकि एक समाचार – पत्र में प्रकाशित हुआ था | मुझे उस आर्टिकल के लेखक का नाम तो याद नहीं, लेकिन हाँ उस आर्टिकल की कुछ बातें और थोड़े बहुत ख़ूबसूरत से शब्द ज़रुर याद रह गए हैं जिन्हें मैंने इस लेख में भी लिखा हैं जिसे पाठकगण अन्यथा नहीं समझेंगे और माँ के प्रति इस प्रेमभाव को खूब सराहना मिलेगी, बस इसी उम्मीद के साथ

# लेख प्रारंभ ->क्यूंकि वो माँ है...?

बर्तनों की आवाज़ देर रात तक आ रही थी | रसोई का नल चल रहा है | माँ रसोई में है.....| घर के सभी सदस्य अपने अपने कमरे में सो रहे थे, लेकिन माँ रसोई में है....., माँ का काम जो बकाया रह गया था, पर काम तो सबका था, पर माँ तो अब भी सबका काम अपना ही मानती है |

दूध गर्म करके फिर ठंडा करके जावण देना है ताकि सुबह के नाश्ते में सभी को ताज़ा दही मिल सके...| सिंक में रखे बर्तन माँ को कचोटते हैं | चाहे तारीख़ बदल जाये लेकिन सिंक साफ़ होना चाहिए | बर्तनों की आवाज़ से सभी की नींद खराब हो रही थी | पापा अपने कमरे से ही तेज़ आवाज़ में कहते हैं –" अरे इतनी रात गए तुम्हे नींद नहीं आती क्या , ना ख़ुद सोती हो और ना ही किसी को सोने देती हो | उधर दीदी अपने कमरे से चिल्लाकर कहती है –" अरे मम्मी इतनी रात को ये सब काम करना जरूरी है क्या , सुबह भी तो कर सकती हो ये सब " | भैया भी अपने कमरे की लाइट को ऑन करके बाहर आता है और कहता है कि –" इतनी रात को ये काम करने क्या शौक है माँ , प्लीज बंद कर दो इसको अभी और सोने दो सभी को " | जब तक ये सभी लोग अपनी अपनी बात कहकर ख़त्म कर रहे थे तब तक माँ सारे बर्तन धुल चुकी थी |

झुकी कमर, कठोर हथेलियाँ, लटकी सी त्वचा, जोड़ो में तकलीफ़, आँखों में पका मोतियाबिंद, माथे पर टपकता पसीना, पैरों में उम्र की लडखडाहट, मगर दूध का गर्म पतीला आज भी अपने पल्लू से उठा लेती है और उनकी उँगलियाँ जलती नहीं हैं, क्यूंकि वो माँ है |

दूध ठंडा हो चुका है..... जावण भी लग चुका.... घडी की सुइयां थक गयी, मगर.... माँ ने फ्रिज़ से भिंडी निकाल ली और काटने लगी क्यूंकि वो जानती है कि सुबह के नाश्ते में अगर देर हो जाती है तो मैं बिना कुछ खाए ही घर से कॉलेज को चला जाता हूं | इतनी रात को सब लोग सो रहे हैं लेकिन वो अकेली जाग रही है, जैसा कि मैंने पहले ही बताया था की वो सबके कामों को अपना काम समझती है

और शायद जब तक उसका सब काम पूरा नहीं हो जाता तब तक उसको नींद नहीं आती, क्यूंकि वो माँ है | कभी कभी सोचता हूं कि माँ जैसे विषय पर लिखना, बोलना, बताना, जताना, कानूनन बंद होना चाहिए, क्यूंकि यह विषय निर्विवाद है, यह रिश्ता स्वयं एक कसौटी है जो बहुत सी बातों का मानक निर्धारित करता है | रात के 12 बजे, सुबह की सब्ज़ी बनाने के लिए भिंडी कट गयी | फिर अचानक से याद आया कि दवा की गोली तो ली नहीं...फिर बिस्तर पर रखे तकिये के नीचे से थैली निकली....| कमरे की लाइट को बिना स्विच ऑन किये क्यूंकि पिताजी सो रहे हैं, नाईट बल्ब की रोशनी में ही गोली के रंग के हिसाब से ही मुंह में रखी और गटक कर पानी पी लिया | बगल में तब तक एक नींद ले चुके पिताजी करवट बदलकर कहते –" आ गयीं हो सब काम निपटाकर " | माँ ने जवाब दिया और लेट गयी, कल की चिंता में | पता नहीं नींद आती भी होगी या नहीं , पर सुबह वो थकान-रहित होती हैं, क्यूंकि वो माँ है | सुबह का अलार्म बाद में बजता है माँ की नींद पहले खुलती है | अखबार पढ़ती नहीं, मगर उठाकर लाती है, कॉफ़ी पीती नहीं, मगर बनाकर दे देती है, जल्दी खाना खाती नहीं, मगर परोसकर सभी को दे देती है....., क्यूंकि वो माँ है | माँ पर बात जीवनभर ख़त्म ना होगी क्यूंकि माँ सम्पूर्ण जगत है |

घर में यदि किसी बात को लेकर पिताजी मुझसे नाराज़ हो जाते हैं तो भैया और दीदी तो पिताजी के सामने मेरी हर एक शिकायत अच्छे ढंग से पेश करते हैं लेकिन वो अकेले ही सबके सामने मुझे अपना मुवक्किल बनाकर मेरी बेगुनाही सबके सामने साबित करती है और पिताजी से मेरी वक़ालत करती है, क्या इतना सब कुछ सिर्फ इसलिए ही होता है क्यूंकि – **वो माँ है....।**

# NEHA AGGARWAL

Neha Aggarwal, born and based up as housemaker in Ambala Cantt, Haryana.

She has completed her graduation in Bachelor in Arts from S.D college, Ambala Cantt. Affiliated from Kurukshetra University.

She often pens down her thoughts in the form of poetries and shayaris.

She loves to spend her leisure time while cooking new dishes. Besides cooking, she loves to play badminton.

माँ कहने को एक शब्द, पर इसमें सिमटा पूरा जहां है,
माँ तु मेरी जिंदगी, तु ही मेरी जान हैं
क्या लिखूं मैं तेरे बारे में, मेरे पास लफ्ज़ नहीं माँ।
जो कुछ सोचुं तेरे लिए, कैसे बताऊं शब्दों में माँ।
है अगर जिंदगी धूप तो, तु गहरी छाव है माँ।
चोट लगती हैं मेरे जब, आंखे तेरी नम हो जाती हैं माँ।
खुद भूखी रह मुझको, भरपेट खाना खिलाती हैं माँ।
सुलाने के लिए मुझको, तु खुद जागती रहती हैं माँ।
सबसे अलग सबसे जुदा, तू धरती पर ख़ुदा है माँ।
जहां पड़ते तेरे कदम, वो ज़मीन जन्नत हो जाती हैं माँ।
दिल में गम रख चेहरे पर सदा मुस्कान रखती हैं माँ।
हरदम अच्छी और सच्ची राह पर, चलना सिखाती हैं माँ।
टूट कर जब कभी बिखर जाऊं मैं तो,
हाथ पकड़ मेरा मुझे संभलना सिखाती हैं माँ।
अपने निस्वार्थ प्रेम से पूरे, घर को जगमगाती है माँ।
फूलों सी मुस्कान से अपनी, पूरे घर को महकाती है माँ।
थक गई यह आंखें जागते-जागते,
तु फिर से अपने आंचल में सुला ले ना माँ।
फिर से सुना दे लोरी जिसे सुनते-सुनते,
मुझे नींद अच्छी आ जाती थी माँ।
फिर से दिला दे वो खेल खिलौने,
जिससे खेल बचपन मैंने बिताया था माँ।
फिर से थमा दे किताबों का बस्ता मुझे,
यह जिंदगी का बस्ता उठाया नहीं जाता हैं माँ।
यह दुनिया बहुत दिल दुखाती हैं मेरा,
फिर से तु अपनी बाहों में सुला ले ना माँ।
मैं उलझी हुं इस दुनियां के ताने-बाने में,
तु चुटकी बजाकर सब सुलझा दे ना माँ।

मैं आज भी सो जाती हुं खाली पेट रोते-रोते,
तु फिर से उठाकर मुझे एक निवाला खिला दे ना माँ।
अकेली बहुत हुं इस दुनियां की भीड़ में,
तु आकर फिर से हाथ मेरा थाम ले ना माँ।
सारे रिश्ते झुठे हैं लगते,
तेरा मेरा रिश्ता बस सच्चा हैं माँ।
क्या जरूरत मुझे दो घरों की,
तु फिर से अपने पास बुला लें ना माँ।
फिर से थाम ले मेरा हाथ,
फिर से अपने आंचल में सुला लें ना माँ। **(Love u Maa)**

# RAKESH LOHAT

Rakesh Lohat, born in Haridwar (U.k).

He has completed high school with Shari Shayari's  expertise. Along with this, by profession he is employed in the position of machine operator in a private company, but also loves writing.  Her writing skills are inbuilt which grew over time. He is currently working in social organizations and is known as a good social worker.

# मातृ शक्ति के लिए समर्पित एक छोटी सी कविता

शिक्षित हूँ सुशिक्षित हूँ पर लाचार हूँ मैं
चंद रीति - रिवाज़ों की शिकार हूँ मैं
आज भी आवाज़ उठती है मेरे दहलीज़ लांघने पर
और समाज कहता है आज़ाद हूँ मैं
शिक्षित हूँ सुशिक्षित हूँ पर लाचार हूँ मैं
चंद रीति - रिवाज़ों की शिकार हूँ मैं

आज भी मुझे जन्म देकर माँ आहें भरती है
ख़ुशी नहीं चेहरे पे पिता की नज़रे झुकती हैं
जो रोशन न कर सके कभी वंश इनका
हाँ वही बुझा हुआ चिराग हूँ मैं

आज भी दुल्हन बन किसी का घर सजाती हूँ
कर अपना आँगन सुना किसी और का घर महकाती हूँ
निभाती हूँ हर फ़र्ज़ और संस्कार अपने
क्या सिर्फ बिंदी, चूड़ी और दीवारों की हक़दार हूँ मैं
शिक्षित हूँ सुशिक्षित हूँ पर लाचार हूँ मैं
चंद रीति - रिवाज़ों की शिकार हूँ मैं

आज भी चंद फेरों से मेरी ज़िन्दगी पलट जाती है
मेरी हस्ती फिर किसी के अस्तित्व से जुड़ जाती है
खो देती हूँ अपना वजूद इक नयी पहचान की खातिर
पर क्या सिर्फ दहेज़ और दान में मिला सामान हूँ मैं
शिक्षित हूँ सुशिक्षित हूँ पर लाचार हूँ मैं
चंद रीति - रिवाज़ों की शिकार हूँ मैं!!

# ALISHA

Alisha is a 18 yrs old girl.
Student of Literature and she is from Dehradun U.K.

She loves writing poetries and shayaris.
She's a member of the literary Club of her university. She's been working as a compiler and a publisher with many publications and has gained many certificates for her writings.

**Follow her on instagram: @_a.l.i.s.h.a._**

# HER UNCONDITIONAL LOVE

She has taught me to always try my best, to treat everyone
equally, to not to give up when things get hard,
She tells to at all times be honest because in the end no other
thing but lies always hurt more , She has taught me right
from wrong and what self respect really means.
She instills the importance of love , She makes sure that I'm
happy , she always makes    me understand,"Risks are better
than regrets"
She is the purest soul in this whole world.
She is my mother, greatest influence in my life.

A mother is basically defined as the female parent if the child
but I think that it is impossible to define a mother  , She helps
you in every possible way and her love is so unconditional.
It nurtures our emotion and keep us alive.Her love has been
ingrained into us since the day we got born.
But we should always understand ,"We could  always give
without loving but we can never love without giving".

# ASHISH GAUTAM (बाग़ी)

आशीष, राजस्थान के हनुमानगढ़ में पले बढ़े एक स्वतन्त्र लेखक हैं जो कम उम्र से ही लिखने पढ़ने के शौकीन रहे हैं। इन्होंने अपनी स्नातक शिक्षा के दौर से ही, राजस्थान के दैनिक समाचार पत्र तेज केसरी एवं भटनेर पोस्ट मासिक पत्रिका में, लेखन जारी रखा है। इनके लेखन में कविताएँ, लेख, यात्रा वृतांत आदि शामिल हैं। विज्ञान के विद्यार्थी होने के कारण भी, इनके लेख शोध परख होते हैं। बाग़ी एक जागरूक एक्टिविस्ट भी हैं, जो ज़मीनी लेखन के लिये जरूरी भी हैं।

Follow him on instagram: slow_lighting

# Mother's Love

माँ का होना मेरे लिये ऐसा है कि प्रकृति चाहती हो कि ये दुनियाँ चलती रहे, तभी तो दुनियाँ में हर रोज़ कितने इंसान, जानवर, पशु पक्षी, कीड़े मकोड़े जन्म लेते हैं, क्योंकि वहाँ हमेशा एक माँ है|

मैं उन बच्चों में हूँ जो कितना भी बड़ा हो जाये, माँ के पास सोना, और उनके गालों को चूमना , उनके पेट को सहलाना, उनकी धड़कन को महसूस करना चाहता है हमेशा , और आज भी करता हूँ

मेरी माँ ने मुझे बताया कि एक स्त्री आपके साथ हमेशा सुरक्षित या सहज महसूस करती है तो आपको अपने चरित्र के बारे में ज्यादा सोचने की जरूरत नहीं है

मेरी माँ ने मुझे यह भी सिखाया कि अगर तुम किसी स्त्री के आगे उसके लिये रो सकते हो तो विश्वास करो वो तुम्हें दुनियाँ की हर तकलीफ़ से बचा सकती है

मैं हर पाक साफ़ रिश्ते में मौजूद स्त्री को सहज ही माँ कह देता हूँ, और हर माँ मुझे उतना ही प्यार करती है पलटकर

एक दर्जन स्त्रियों को माँ कहकर पुकार चुका हूँ, और हर माँ ने बहुत सिखाया है मुझे, मैं कह सकता हूँ माँ के किरदार से इश्क हो गया है मुझे....

# KAJAL KUMARI

काजल का जन्म ग़ाज़ियाबाद के विजय नगर इलाके मे हुआ है। अपने अपनी स्नातक की शिक्षा ग़ाज़ियाबाद के ही M. M. H कॉलेज से प्राप्त की है। यह चौधरी चरण सिंह यूनिवर्सिटी, मेरठ, से मान्यता प्राप्त है। इसके अतिरिक्त आप बैचलर ऑफ़ एजुकेशन की शिक्षा भी हासिल कर रही हैँ। लेखन के साथ ही आप नृत्य, अथवा संगीत मे विशेष रूचि रखती हैँ।

# शायरी

जन्नत का हर लम्हा दीदार किया था,
गोदी मे उठाकर जब माँ ने प्यार किया था,
सब कह रहे थे आज माँ का दिन है,
वो कौनसा दिन है जो माँ के बिन है।

सन्नाटा छा गया बँटवारे के किस्से मे,
जब माँ ने पूछा?
मै हूँ किसके हिस्से मे।

घर की इस बार मुकम्मल तालाशी लुंगी,
पता नहीं, गम छुपा कर मेरी माँ कहाँ रखती हैं?

एक अच्छी माँ हर किसी के पास होती है,
लेकिन एक अच्छी औलाद हर माँ-बाप के पास नहीं होती।

जब जब कागज़ पर लिखा,
मैंने माँ का नाम,
कलम अदब से बोल उठी,
हो गए चारों धाम।

माँ से छोटा कोई शब्द हो तो बताओ,
उससे बड़ा भी कोई शब्द मिले तो बताना,
माँ के लिए क्या लिखूँ?
माँ ने खुद मुझे लिखा है।

# Quotes

1. दुनिया मे हर रिश्ते के लिए कुछ ना कुछ कीमत चुकानी
पड़ती है,
माँ-बाप का प्यार ही है,
जो निःशुल्क जीवनभर मिलता है।

2. माता-पिता से बढ़कर,
जग मे मेरा कोई भगवान नहीं,
चुका-पाऊं जो उनका क़र्ज़,
इतनी मै धनवान नहीं।

3. माँ सबकी जगह ले सकती है,
पर माँ की जगह कोई नहीं ले सकता।

4. करो दिल से सजदा तो इबादत बनेगी,
माँ-बाप की सेवा अमानत बनेगी,
खुलेगा जब तुम्हारे गुनाहों का खाता,
तो माँ-बाप की सेवा ज़मानत बनेगी।

5. मदर का "म" ही जरूरी है क्योंकि,
"म" के बिना बाकि सब "अदर" हैं।

# OSHEEN KHAN

Osheen is a Computer Programmer by P rofession. She belongs to Sagar (Madhya Pradesh). She wants to build her own brand "MSOK" stands for 'Miss Osheen Khan'. She has Authored a poetry book named "TUJHSE NAARAAZ NAHI ZINDAGI -SPREAD LOVE" and Co-Authored of Many Anthologies. She had a passi on to write since childhood, so she writes her Feelings in a poem.

**Follow her on instagram: Lyricalmsok**

# Momsie:

Maa ki duaaon ki qubooliyat mangkar dekhi,
Meri har ek dua ko us rabb ne qubool ata farmaya hai

Super woman ki tarah hifazat krti hai
Rani ki tarah dil pe raaj karti hai
Galtiyan laakh kr lo
Pr wo pyaar hmse behisaab krti hai

Tujhse mera, mujhse Tera rishta tab se hai
Jab ye aankho ne duniya bhi nahi dekhi thi

Kathin dagar pr bhi muskaan ka zariya
Aur Hifazat ka ehsaas
Duniya ke logo me to bas Maa ki god ka hi sahara hai

meri zindagi ka anmol sitara hai, mujhe rota dekhkr khud bhi
royi hai, aur hasta dekh meri nazar ko utara hai,
zyada kuch keh nahi sakti bas
ye lafz maa mujhe bhut pyaara hai

"ye dua maangti hoon,
Ae khuda!
jo haath mere liye sada duaaon me uthte hai
unhe mere baad tak salamat rakhna...."


Jab poocha Khuda se - kyo nahi duniya maa ke jaisi
khuda ne kaha- warna ehmiyat ka ehsaas hota kaise."

Love You My Momsie My Ammia▯

# VAIBHAV GUPTA

This is Vaibhav   Gupta belonging to Kanpur, UP.  He is a graduate and had wo rking in hospitality department . He has keen interest in poetries and stories. He has recently authored the e-novel "it happened in delhi" and is working on few more. Besides, He has been actively participating on events those lead him to his passion.

His works can be witnessed by his insta id-
@thevaibhav_gupta

# ममता

माँ ने कहा था बचपन में,
डरने की कोई बात नहीं,
अगर किया नहीं गलत काम |
जीवन सुधर जाता है उनका,
जो कहते हैं सत्य का पैगाम |
याद है मुझे अब भी,
बचपन की वह शाम सुहानी |
लेट कर माँ की गोद में,
सुनता था घंटों तक कहानी |
सही गलत का पाठ सीखा,
समझा धर्म का रास्ता |
ताउम्र रहेगा साथ जो,
माँ तेरे ज्ञान का वास्ता |
यूं तो छोटा हूं मैं सबसे घर में,
पर था मैं बड़ा शैतान |
वक्त की गहराई में जाने,
मैंने भी जीवन के कई ज्ञान |
समय का पहिया चलता रहा,
और बीत चुका है बचपन |
पर माँ मेरी आज भी देखें,
ख्वाब में मेरा बचपन |
सच कहते हैं लोग शायद,
ममता की कोई उम्र नहीं होती |
हर चीज का अंत होता है,
पर मातृत्व कोई चीज नहीं,
यह तो एक भाव है |
जो ताउम्र माँ और संतान के मध्य रहता है |
यूं तो माता पिता समान होते हैं,

किंतु माता का स्थान सर्वोच्च है |
पहले गुरु से लेकर,
जीवन भर साथ की यात्रा तक का सफर,
तय करती है माँ |
जब पिता हमारे भविष्य के चिंता में व्यस्त रहता है,
तब हमारा मार्गदर्शन करती है माँ|

# KAVYA MALIK

Kavya malik is an 18 yrs old girl.
Student of B.A.english honours and she is from
Muzaffarnagar U.P.
She loves writing.

Follow her on instagram: Kavya._.malik

# (1)

माँ अल्फ़ाज़ तो बहुत छोटा सा है,
चंद शब्दों का समुह,
पर पूरे संसार के शब्द छोटे पड़ जाते हैं जब बात माँ की करनी
हो,
कैसे न छोटे पड़े
हमें पढ़ना शब्द पहचानना भी तो उसी ने बताया है,
पहले माँ फिर टिचर और फिर दोस्त का रिश्ता बा-खुबी निभाया
है,
इस संसार में आने से पहले जिससे नाता जुड़ा,
उसका नाम है माँ,
एक ये ही तो प्यार बे-मतलब का है,
क्योंकि माँ ने तो प्यार हमें बिना देखे ही कर लिया था,
न रंग, न भेद देखा था उसने,
बस पैदा होते ही सीने से लगा लिया था,
मैं लिखना चाहुं तो क़िताब लिख दुं,
इतनी काबिल नहीं कि तुझे पंक्तियों में पिरू दुं,
तु मुरत है बे-हिसाब प्यार की,
माँ पहले अपनी गोद में रखा,
तो मलमल के कपड़े जैसा,
एक न आंच आने दी,
थोड़े बड़े हुए तो उंगली पकड़कर चलना सिखाया,
जी करता है चूम लुं हाथ उसके,
न जाने कौन-सी पकड़कर चलना सिखा था मैंने,
जी करें चूम लू उसको
सबसे पहले उसी ने बोलना सीखाया था मुझे,
पहला प्यार किसे कहते हैं माँ ने बतलाया,
टिचर नहीं है माँ मेरी,
पर हां उससे अच्छा पाठ पढ़ाया उसने,

गलती करने पर कान भी है मोड़ा,

पर थोड़ी देर बाद प्यार करके रोटी भी खिलायी है उसने,

वो डांट, ममता के आंचल में कब बड़े होगये पता ही नही लगा,

जो कभी टिचर सी डांटती थी वो आज दोस्त बनकर समझाती है,

माँ ही तो है जनाब जो हर हाल ढलना जानती है,

बीमार हम होते हैं तकलीफ उसे होती है,

भुखे हम होते हैं चिंता उसे होती है,

माँ शब्द बहुत छोटा है,

पर चाहते हुऐ भी आज पंक्तियां कम पड़ती नजर आती है,

माँ कभी बतलाते नहीं हम,

पर प्यार बे-हिसाब है हमें भी,

नाराज़ तुझसे नहीं होते कभी गुस्सा खुद से हो जातें हैं,

माँ हम छोटे बच्चें है तेरे आज भी अंधेरे से डरते हैं,

सुन कभी छोड़कर ना जाना,

हमेशा भुत आया कहकर डराकर खाना खिलाना,

तुझसे प्यार बे-हिसाब है आईलवयू शब्द में नहीं सिमटेगा,

पर तुझको दिखाया नहीं कभी,

क्या करें थोड़ा दिल कच्चा है तुझे रोता देख न पायेगा,

तुझे रोता देख न पायेगा!!

# ARCHISHMAN SATPATHY

Archishman Satpathy, often called the Enthusiast Writer is a young dynamic writer from Deogarh, Odisha. He is presently pursuing B.Tech from  IIT Bhubaneswar . He started writing Quotes and Short Poetries from a young age of 16 and had now made it as his passion. He has contri  buted as co -author in more than 180 anthologies. He is the author of the book "LAKEEREIN ZINDAGI KE".

# The God Of Love: Mother

Nothing to imprint her godly love
Showers like the fountains of nerves
Just like the world think this relation
For me she is my whole world

Not only in the bad times she safeguard
But also in our victory she do celebrate
For a lovely godly soul can be such good
Proud to say my mother is my admirer

Being a idol behind her shadow of love
I never tried to disappoint her feelings
Just because of the live god infront
Never ever tried the door of bad skinning

Just to say I am so much grateful to
Have got such a gift from the dear god
Will declare the victory in the dark souls
Giving them entirely the winning sword

Thanking the universe of such serenity
She makes me feel so graceful and wise
Today even the dawn have that shine
The wisdom of the sun will now rise

# Proud To Have You God (Our Mother)

Is that the word which you first called
On your arrival into this voyage of life
Definitely yes right, no doubt that was
It is the character, in fact the godly character
Which god have made and gifted everyone
The most special person is always the one
Which the world proudly calls, The Mother
For now everything is she herself for me
We all have some varied addiction and
My addiction is proudly mother's love
Don't know why she always be reminded
Whenever I am in trouble she is the way
Everytime she cared and guided us from
And now here is the era where I confess
I will not do anything that will hurt you
I will confess everything that will bother you
For the god has gifted everyone with a jewel
Proudly to I will say that jewel, I love you

# PAYAL PRIYADARSHINI PALEI

Payal Priyadarshini Palei is from Joda, Keonjhar, Odisha.She is a 14 year old girl of   standard 9th studying in St. Xavier's high school.

She started writing at the age of 13 as writing is her passion and now it's been one year since she started it.

She's free minded girl who always lends a helping hand whenever needed. She's kind, polite and an innovative writer.

Follow her on instagram:  meghanada91

# Mother Has Brought Up Her Life

Mother has brought up her life
Mother has avoided every difficulty.

Taught to walk with a finger,
Mother has handled whenever she falls.

We were surrounded all around,
Bloodthirsty ones were dark in mind.

Everyone was sitting around,
Deepak was the only mother in my life.

We were immersed in darkness,
Mother is bright in this situation.

There will be no mother in the world,
I cried with my eyes big.

Nindia did not come without her lullaby,
Mother has cast a spell.

Mother has brought up her life
Mother has avoided every difficulty.

# You Are God On Earth, Mother

You are god on earth mother
You cast a tree that casts a bird.

You are the redness of your face illuminated by the sun
The soil gives life to plants.

The most different,
You are the most unique mother.

You are God of light, Mother
There is a shower of rain on the barren land.

You are out of the buds in the hearse of life,
You are the most loving and beautiful avatar of God.

You are the blessing of angels, mother
You are God on earth, Mother.

# ABHISHEK PRASAD GUPTA

अभिषेक प्रसाद गुप्ता का जन्म बिहार राज्य के धनवाद जिले मे 1992 मे हुआ है। अभिषेक ने अपनी प्रारंभिक शिक्षा अपने गाँव मे ही स्तिथ आदर्श शिशु एस एस हाई स्कूल बाघमारा से की है एवं विज्ञान विषय से इंटर की शिक्षा प्राप्त की। आपने 2 वर्ष आई॰ आई॰ टी॰ का प्रशिक्षण प्राप्त किया। तत्पश्चात 3 वर्ष इतिहास संकाय से स्नातक किया। इसके अलावा अपने डी॰ ई॰एल॰डी॰ई॰डी॰ का प्रशिक्षण प्राप्त किया।

वर्तमान मे आप एक शिक्षक है और सफलतापूर्वक अध्यापन का कार्य कर रहे है। अध्यापन के साथ साथ आप एक साहित्य एवं कविताएं लिखने मे भी खासी दिलचस्पी रखते है। देशभक्ति, सहादत, भारतीय सेना से आपका गहरा लगाव है और उनसे काफ़ी प्रेरणा लेते है।

Follow him on instagram: Arnav Abhishek gupta

करता हूँ मै तुम्हे कोटि-कोटि नमन,
तेरे चरणों मे है हमारा हार्दिक वंदन,
इस दुनिया मे तुम ही हो दयावान,
तुमसे ही सफल है दुनिया, तू है सबसे महान।

इतना आसान भी नहीं है नारी होना,
तेरा जीवन भी एक बनावटी खिलौना,
तेरे चरणों मे है ये हमारा सर्वस्व समर्पण,
आग की दरिया की तरह है नारी जीवन।

तू खुद रोकर भी सबको हँसाती है,
मुरझाये फूलों से तू ही कलिया खिलाती है,
हर दर्द को सहकर तू दुनिया सजाती है,
रूठ चुके मासूमियत को तू ही पास बुलाती है।

दुनिया को अपने अश्क़ से तू अनजान रखती है,
नासमझ बनकर तू हर हिसाब रखती है,
तिनका-तिनका जोड़कर तू रिश्ते बनाती है,
तेरी आँचल की छाया से सारी दुनिया मुस्कुराती है।

चुटकी सिंदूर, कंगन, पायल,
मंगलसूत्र, बिछिया की तू है कायल,
जीवन तेरा आसान नहीं है यहाँ पर,
भरे है केवल कांटे ही हर डगर पर।

रिश्तों की एहमियत-कीमत तू ही बतलाती है,
बिखरी जिंदगी की खुशियाँ तू ही पास लाती है,
रूठती है, ईठलाती है, थोड़ी सी घबराती है,
वो आँचल समेटकर, तू भी तो शर्माती है।

हर दर्द को तू चुप-चाप सेह लेती है,
जन्नत की सारी खुशियाँ तू समेट लेती है,
अपनी नाजुक से जिंदगी मे तू बिखर जाती है,
एक नारी की कहानी कहाँ बयां हो पाती है।

# AGRIMA VIRAJ

AGRIMA VIRAJ
She is a student who has passed her 12th grade in the year 2020 and is currently preparing for the competitive exam NEET. Apart from dreaming to get the prefix of a 'Doctor' before her name, she is also passionate about writing down her thoughts and emotio ns to give them a devise of poetry. Her writings generally mould out the teenage fantasy, dreams, rage, lifestyle, insight, delusions, etc. She can very well portray herself to the readers via her writings.

To get in touch with more of her works, refer to     the following:
Instagram: @agrima_viraj
YourQuote: Agrima Viraj
Wordpress: theuntouchedmind.wordpress.com
Mail id: agrimav.hyd@gmail.com

# क्योंकि वो माँ है

सार है ये उसका जिसकी कोख से मैं हूँ जन्मी,
ममता भरे अल्फाज़ हैं जिसके वो है मेरी जननी।
बहस कर उसको चुप करना,
होता तो बहुत आसान है।
फिर भी कभी रूठती नहीं,
हर बार जिता कर हार जाती है।
भले ही लाख खामियाँ हों मुझमें,
वो देखती बस मेरी एक मुस्कान है।
सहलाती है बाल और आगोश में लेती,
कायनात से लड़कर मुझे बचाती है।
ज़िक्र तो कभी करती नहीं,
तन्हाई वो कैसे बिताती है।
अश्कों से भीगे दामम में लिपटी,
रोज़ शाम को दुआ वो करती है।
किसे क्या पता कष्ट क्या होता,
सहन करने वाली केवल वही है।
जन्म देकर वफात भी है सहा,
तिनका भर शिक़ा भी ना किया।
अक्सर नाराज़ वो होती है,
मनाने पर मान भी जाती है।
कितनी ही कठोर बन जाए,
मगर बरकत वही बरसाती है।
यूँ तो वो बतलाती नहीं,
पर ख्वाब तो उसके भी हैं।
मैं कामयाब बन कर आबाद रहूँ,
बस इतना ही वो चाहती है।
किस मुँह से मैं करूँ बयान,
कितना प्यार मैं करती तुझसे माँ।

तेरे बिना ना धूप है ना छाँव,
ज़िंदगी तुझ बिन जी मैं ना पाऊँ।

# AYUSH MONDAL

He is a student of B.Com Honors from BRSNC Collage, Barrakpore.

He often pens down his thoughts and expresses his own opinion about the world  in his different Poems and he expresses his Patriotism for the Nation in the form of Poetries.

He also likes to write Quotes and Shayaris about the selfishness of people. From all his Poems he wants to tell the society about the bitter truth of the life through his own experience.

He likes to spend his leisure time in Drawings. Besides drawing, he loves to play games and he has a passion to write everything that will make our Nation proud.

He wants to hand over all his poems to the Great Soldiers of our Nation to give them full support by his Own Words.

He writes all his stories and poems  in his Mother Language.

He has the power of write anything which he feels.

Follow him on instagram:  ayush.mondal.90857

# मेरी माँ प्यारी

माँ, तुम मुझे सवेरे सवेरे नींद से जगाती हो
हो गयी है सुबह, कानों में मुझको बताती हो,
तड़के ही उठ घर का सारा काम कर लेती हो
पूरे परिवार का खाना अकेले ही बना लेती हो,
साफ - सफाई का घर में हमेशा ध्यान रखती हो
खुद को साफ - सुथरा रखना, तुम ही बतलाती हो,
खुद पढ़ - लिख कर अपने बच्चों को पढ़ाती हो
बड़े विशाल हिमालय पर तुम उनको चढ़ाती हो,
नींद न रातों को आए तो लोरियाँ गाकर सुलाती हो
अपने बेटे - बेटी को हर रोज़ कहानियाँ सुनाती हो,
सुनहरे उज्ज्वल भविष्य के नए सपने दिखाती हो
साथ रहकर हरदम अपनों का हौसला बढ़ाती हो,
चाहे कुछ भी हो हर मुसीबत में साथ निभाती हो
कभी भी कम नहीं होगा, ऐसा प्यार जताती हो,
हर चुनौती का डट कर सामना करना सिखलाती हो
तभी तो सबसे दुलारी मेरी माँ प्यारी कहलाती हो |

# मेरी माँ

जो दिन भर थकती, उफ न करती
सारे घर के काम से,
कभी न दे पाती विराम खुदको
करती रहती समझौता आराम से,
नाम जानते मेरा, हर गली गलियारे
पहचानते सब मुझको जिसके नाम से
दुलार करती मुझको हमेशा हर पल
बिना कोई मोल, न ही कोई दाम से
चरणों में गिर कर, दर्शन कर आता
संसार के सारे तीर्थ धाम से
जो मिलती ताकत माँ के दूध से
नहीं मिल सकती, किसी आशिकी जाम से
जैसे बिना लिफ़ाफे के अकेला हर जाता
मानो चिट्ठी खाली हो किसी खाम से,
माँ के नरम हाथों में जो सुकून है
नहीं मिलती किसी बाम से,
अपनों की खुशी की ख़ातिर
लड़ जाती हर रिश्ते तमाम से |

# JASMINE PANDA

Miss Jasmine Panda is presently pursuing M.Sc. Chemistry from Berhampur University, Bhanjabihar, Odisha, India. She is a Gold Medalist and University Topper in her B.Sc. She is a Governor Awardee for Youth Red Cross. She has received All-Rounder Award in h er 12th  standard for excellence in extracurricular activities along with studies. Apart from being a versatile orator and debator, she has been a part of 340+ anthologies till now and loves to pen down her feelings! She is an amiable person interested in b oth Science and Literature, having a wide variety of interests like painting, sketching, acting, anchoring, debating, rangoli making, taking part in extempore, elocution and many more...Publishing her own book someday is something which she aspires.

# माँ की ममता

माँ है तू, ममता है तू
माँ है तू, भगवान है तू....

अंधेरे में रौशनी है तू
हतासा में साहस है तू
निराशा में आशा है तू
असमंजस में राह है तू!
माँ है तू, ममता है तू
माँ है तू, भगवान है तू....

हर झूठ में सच है तू
हर गलत में सही है तू
हर दुख में सुख है तू
हर चिंता में आश्वासन है तू!
माँ है तू, ममता है तू
माँ है तू, भगवान है तू....

हर दर्द का इलाज है तू
हर समस्या का समाधान है तू
हर प्रश्न का उत्तर है तू
हर अधूरेपन में पूर्णता है तू!
माँ है तू, ममता है तू
माँ है तू, भगवान है तू....

माँ है तू, ममता है तू
शांति है तू, समृद्धि भी तू
सफलता है तू, संतुष्ट ता भी तू
आरम्भ है तू, अंत भी तू!

माँ है तू ममता है तू
माँ है तू भगवान है तो....
माँ है तू ममता है तू.....

51

# PIYUSH SHUKLA

लेखक का जन्म 06 सितम्बर 1992 को राजस्थान राज्य के करौली जिले के हिंडौन सिटी कस्वे में हुआ ।

इन्होंने अपनी प्रारंभिक शिक्षा अपने जन्म स्थान से पूर्ण की ।

लेखक वर्तमान में राजस्थान के जयपुर में निवास करते है और अपनी कल्पनाओं को कविता और कहानियों के रूप में सँवारने में संघर्ष कर रहे है

# माँ का पल्लू

मुझे नहीं लगता कि आज के बच्चे यह जानते हो कि पल्लू क्या होता है, इसका कारण यह है कि आजकल की माताएं अब साड़ी नहीं पहनती हैं। पल्लू बीते समय की बातें हो चुकी है।

माँ के पल्लू का सिद्धांत माँ को गरिमा मयी छवि प्रदान प्रदान करने के लिए था। लेकिन इसके साथ ही, यह गरम बर्तन को चूल्हा से हटाते समय गरम बर्तन को पकड़ने के काम भी आता था।

पल्लू की बात ही निराली थी। पल्लू पर कितना ही लिखा जा सकता है ।

साथ ही पल्लू बच्चों का पसीना / आँसू पूछने, गंदे कानों/मुंह की सफाई के लिए भी इस्तेमाल किया जाता था। माँ इसको अपना हाथ तौलिया के रूप में भी इस्तेमाल का लेती थी । खाना खाने के बाद पल्लू से मुंह साफ करने का अपना ही आनंद होता था।

कभी आँख मे दर्द होने पर माँ अपने पल्लू को गोल बनाकर, फूँक मारकर, गरम करके आँख में लगा देतीं थी, सभी दर्द उसी समय गायब हो जाता था ।

माँ की गोद मे सोने वाले बच्चों के लिए उसकी गोद गद्दा और उसका पल्लू चादर का काम करता था ।

जब भी कोई अंजान घर पर आता, तो उसको, माँ के पल्लू की ओट ले कर देखते था । जब भी बच्चे को किसी बात पर शर्म आती, वो पल्लू से अपना मुंह ढक कर छुप जाता था ।

और जब बच्चों को बाहर जाना होता, तब माँ का पल्लू एक मार्गदर्शक का काम करता था । जब तक बच्चे ने हाथ मे थाम रखा होता, तो सारी कायनात उसकी मुट्ठी में होती।

और जब मौसम ठंडा होता था, माँ उसको अपने चारो और लपेट कर ठंड से बचने की कोशिश करती ।

पल्लू एप्रन का काम भी करता था । पल्लू का उपयोग पेड़ों से गिरने वाले जामुन और मीठे सुगंधित फूलों को लाने के लिए किया जाता था। पल्लू घर मे रखे समान से धूल हटाने मे भी बहुत सहायक होता था ।

पल्लू मे गांठ लगा कर माँ एक चलता फिरता बैंक या तिजोरी रखती थी और अगर सब कुछ ठीक रहा तो कभी कभी उस बैंक से कुछ पैसे भी मिल जाते थे।

मुझे नहीं लगता की विज्ञान इतनी तरक्की करने के बाद भी पल्लू का विकल्प ढूंढ पाया है ।

पल्लू कुछ और नहीं बल्कि एक जादुई एहसास है। में पुरानी पीढ़ी से संबंध रखता हूं और अपनी माँ के प्यार और स्नेह को हमेशा महसूस करते हैं, जो कि आज की पीढ़ियों की समझ से शायद गायब है।

# DOLLY VADHVANI

नमस्कार, इनका नाम डोली वाधवाणी है! ये आंनद गुजरात से हैं! इन्होंने गुजरात युनिवर्सिटी गांधीनगर से B.Com और सोमनाथ युनिवर्सिटी से PGDCA किया है! अभी दो साल से Computer Operator की तरह जोब कर रहीं हैं! डोली को अपनी भावनाएं लिखना बेहद पसंद है!

इनकी जिंदगी का एक ही असूल है, तुम आज को जियो और आज मे जियो फिर देखो जिंदगी कितनी खूबसूरत है...!

Follow her on Instagram: vadhvanidolly

# मेरी माँ मेरी दोस्त...

माँ तू मेरी सबसे अच्छी दोस्त है...!
हा, माँ तू मेरे दिल का सूकुन है...!
मेरी हर छोटी-बड़ी बात तूझे पता चल जाती है...!
मेरी हर बड़ी से बड़ी मुश्किल तेरे साथ से खत्म हो जाती है...!
मेरे चहरे की मायूसी तूझे मायूस कर जाती है...!
मेरे चहरे की हंसी तूझे हंसा जाती है...।
हा, माँ में जानती हूं जब तक खाना में ना खाऊं तब तक निवाला
तू भी नहीं खाती है...!
मुझे पता है माँ, आप मूझे रोज डांटते हो उस डांट मे भी मेरे लिए
चिंता छूपी हुइ होती है...!
मूझे और किसी जन्नत की परवाह ही क्यूं...?
जब तेरा आंचल मेरे सर पर है...!
तेरी गोद ही तो मेरे लिए असली जन्नत है...!
लेकिन माँ एक बात बोलनी है कब तक आप हम सबके लिए
जियोगे...!
आप अपने लिए भी जी लिया करो...!
कभी खुलके खुद के लिए भी हंस लिया करो...!
कभी सबको छोड़कर खुद के लिए भी सोच लिया करो...!
माँ अपने लिए भी जी लिया करो...!

# AVANTIKA YADAV

Hey this is Avantika yadav   from a small local city of Uttar Pradesh named Etawah. I'm about to Completing my graduation till the mid of the year.

I'm not any kind of popular or perfect writer...but somehow I write whatever I goes or feel through I love writing because there's no b oundations in your thoughts,you have boundaries in society and out of society too but the only place where you're free to express yourself is (your happy place) your writing space.

My write-ups are just for relieving my head ups

If you like my new start  -up my writeup than do follow and check on **@.da_silent_words**.

# Mother's Day Special

हो दोस्ती या सादगी बात करो मोहब्बत की, है क्रूर कही कभी शांत भी, माँ जैसे है मंथन कोई।है नहीं जो माँ कही जन्नत भी है जैसे खंडर कोई, जो हो माँ तो लगे झोपड़ी में कीमती है धन कोई पक्षी हो या पशु कोई, ममता हुई न कम कही, है माँ जहां जन्नत वहीं दूसरा न स्वर्ग कही

माफ़ कर जो रोई कभी, दुखी हुई हो जिस घड़ी,लौटा सकु बिता हुआ पल कोई,दे दू तुझे खुशियां सभी,है नहीं वो हैसियत अभी, दू खुशी कोशिश यहीं,हो छोटी तो छोटी सही

पर माँ अब तू रोएगी नहीं,वादा नहीं पर शुरुआत नई, माँ बेटी हूं भगवान नहीं,नादान हूं शैतान नहीं, संभालेगी तू जो गिरू कभी,है मुझको ये यकीन अभी

न कर सकू गलती कोई, है कोशिश मेरी अब यही,जान गई एक बात नहीं, नहीं करती भैया और मुझमें तू फर्क कोई,माफ कर माँ अब गलती सभी

माँ तुझसा न महान कोई,नहीं दूसरा भगवान कोई, है मान तू,सम्मान तू, जब हुआ प्रहार माँ ढाल तू,ईश्वर का दिया वरदान तू,हृदय का हर प्रडाम तू, महान तू,बस महान तू...

## (2)

डांट लेती है वो संग रो देती है वो, मारने के बाद चोट तेरी दुख पहुंचाती है मुझे भी कह देती है वो , दर्द जमाने का कहीं घायल न करदे कुछ बुरी तरह आंचल से अपने ढांक लेती है वो , रूठ लेती है वो मना देती है वो, तमाचे चार लगाकर आंसू पोछ देती हैं वो, कामों के बाद घर के जब हर जाती है वो , हार न जाओ कहीं तुम जमाने से ढ़ाल बनती है वो , काली है वो चंडाली है वो दोष निकलते निकलते मटके को चोट देते देते आकार दे जाती है वो, एक दोस्त एक संगिनी एक गुरु कहलाती है वो दुर्गा भवानी रूपों सी वो, माँ कहलाती है जो

# MEETU CHOPRA

मीतू चोपड़ा एक 25 वर्षीय युवती है जो की जबलपुर, मध्य प्रदेश से सम्बन्ध रखती है|इनको कुछ नया लिखने का शौक है। ये अपनी कविताओं की वजह से कई प्रतियोगिता जीत भी चुकी है, इनको
अभी ' आउटस्टैंडिंग कंट्रीब्यूशन इन एंथोलॉजी' से सम्मानित किया गया है, इनकी एक कविता तारे ज़मीन की मैगज़ीन में भी छाप चुकी हैं, ये भविष्य में बहुत से किताबें अपने नाम से छपवाने की इच्छुक हैं।।
इंस्टाग्राम -@shayri_lover16
ईमेल - meetuchopra1696@gmail.com

# माँ

वो जननी भी हैं,
उसके आगे वो दुनिया अनसुनी भी हैं,
वो रक्षक भी हैं,
उसके आगे वो दुनिया असमर्थ भी हैं,
वो पालनहार भी हैं,
उसके आगे वो दुनिया अनदेखी भी हैं,
वो परमगुरु भी हैं,
उसके आगे वो दुनिया बुध्दिहीन भी हैं,
वो शुभ चिंतक भी हैं,
उसके आगे वो दुनिया स्वार्थी भी हैं,
वो सज्जन भी हैं,
उसके आगे वो दुनिया शत्रु भी हैं,
वो जिज्ञासु भी हैं,
उसके आगे वो दुनिया मतलबी भी हैं,
वो प्रेम की मूरत भी हैं,
उसके आगे वो दुनिया धोखेबाज भी हैं,
वो कोगल गी हैं,
उसके आगे वो दुनिया कठोर भी हैं,
वो गुणी भी हैं,
उसके आगे वो दुनिया अज्ञानी भी हैं

# माँ –

ममता की मुरत,
माँ की छाया में सम्मिलित हैं,
जिसको भेद पाना मानो असंभव ही हैं,
उनके निश्छल प्रेम का क्या दूँ प्रणाम मैं,
मैं तो उन्हे ही हर जन्म माँगने का उपहार हैं चाहूँ,
उनकी गोद में सिर रखकर मैंने इस दुनिया को जी लूँ
मैं तो उनकी ही छाया में रहना चाहूँ,
माँ के हाथ का खाना मिला तो लगा जैसे,
पाया हो मैंने खुदा से उसका ही दूसरा स्वरूप,
माँ की सीख को अपनाया तो लगा जैसे,
खोल दिया हों मैंने सफलता के राह को,
माँ ही प्रेम का सच्चा उदहारण हैं,
इनकी छाया में ही जीवन आनंदित हैं,
कर पूजा उस माँ की बन्दे,
ना होगा फिर कभी उदास तूँ
माँ से प्रेम कर माँ ही जीवन की पालनहार हैं,
दिशा दिखायेगी तुझे जीवन में चलना सिखायेगी
उनकी ममता की छाया में साथो जन्म का सुख सम्मिलित हैं,
तभी शायद हर किसी को ये सुख मिल नहीं पाया हैं।

# ANKITA NAHAR

Ankita Nahar, physically s  he live in  Rajasthan but    heartly live in everywhere.
She is too much passionate about writing.
She have always found comfort in  words, and that     's what attracts everyone. Writing is her therapy, she write what she feels and experiences in her life.
You can take a look at her writings on Instagram @naharankita1

# माँ

समता का समाधान तुम
ममता की मूरत तुम
सहज और सरल तुम
धैर्य की परिभाषा तुम

दर्द में मरहम तुम
हर खुशी की वजह तुम
सुकून की नींद तुम
शांति की प्रीत तुम

हार में जीत तुम
हर संकट में साथ तुम

तुम से हैं संसार सारा
तुम से हैं विश्वास हमारा
गुणगान तुम्हारा जब भी करना होता हैं
शब्दों का अकाल मेरे पड़ जाता हैं

# KIRAN M

He is a best motivate r and socialist writer. His pen name is urztruly_lyfracer (Lucifer). He is belongs  to Kerala. He began his writing profession at the age of 15. He has co authorized 5  Anthologies. During the pandemic COVID  - 19 scenario his  12 poems  have been selected by IIC (Institution's In novation Council) and awarded him   as best poet for 12 times. He is energetic creator in Your Quotes and Writco apps. He wrote 100+ quotes and many short poems in English, Tamil and Hindi.

**Follow him on Instagram: @urztruly_lyfracer_achu**

# Thank You Note

You have told me
All the things
I need to hear
Before I knewI needed to hear them
To be unafraid
Of all the things
I used to fear,
Before I knew
I shouldn't fear them.

# Mother

Your love was like moonlight
turning harsh things to beauty,
so that little wry souls
reflecting each other obliquely
as in cracked mirrors ...beheld in your luminous spirit
their own reflection,
transfigured as in a shining stream,
and loved you for what they are not.
You are less an image in my mind
than a luster
I see you in gleams
pale as star-light on a gray wall ...
evanescent as the reflection of a white swan
shimmering in broken water.

# VANESSA CHRISTIAN

Vanessa is a writer with brim of words. She loves to write and feel each & everything in a different way. She expresses all her thoughts by penning the words into written emotions.

Follow her on Instagram: @i_m._.v_a_n_e_s_s_a

# My Mother, My Love

You filled my days with rainbow lights,
Fairytales and sweet dream nights,
A kiss to wipe away my tears,
Gingerbread to ease my fears.
You gave the gift of life to me
And then in love, you set me free.
I thank you for your tender care,
For deep warm hugs and being there.
I hope that when you think of me
A part of you
You'll always see.

# Mother Daughter Bond

It's a special bond that spans the years,
through laughter, worry, smiles, and tears.
A sense of trust that can't be broken,
a depth of love sometimes unspoken.
A lifelong friendship built on sharing,
hugs and kisses, warmth and caring.
Mother and daughter, their hearts as one -
a link that can never be undone.
The heart of a home is a mother
Whose love is warm and true,
And home has always been sweet home
With a wonderful mother like you!

# SHALINI.B.S

Shalini.B.S is a literature student.Her writing style are about the real feeling,simple and understanding and joyful.She is writing in the pen name of TARA'.most of her works are based on real life she loves to listen music and interested in drawing and painting.

**Follow her on Instagram: Kuttyma2611**

# Everything Mom

How did you find the , energy, MOM
   To do all the things you did ,
To be teacher,  nurse and counselor
   To me , when I was a kid

How did you do it all , MOM
   Be a chauffeur,  cook and friend
Yet find time to be a placicate,
   I just can't comprehend.

I see now it was love , MOM
   That made you come whenever I'd call,
Your inexhaustible love , MOM
   And I thank you for it all

# MOHANA PRIYA.S.K

Mohana priya.S.K, a literature student has written many poems, quotes and short story under the pen name called"MONA". She started writing her works at the age of 19. All of her works are simple, humorous, understandable and raising questions.

**Follow her on Instagram: _m_o_n_a_2719**

# (1)

Mother's words w ill always be inspirational and   it will be correct even if she doesn't know about anything about the work we do. The word mother has a special kinda of power, when ever we say it we will also feel the power, a safe feeling. She never  forgets  to  do her works. She is  always been such a re sponsible women. I admire by her. She never says that she is tired of this works. She wants rest, vaccination like us, her own dream and happiness she never once even told. More than a mother you were such a good friend, a doctor, a good guider, adviser. How you were such a sweet person mom.I really love you the way you are. Her positivity, her care, her love, her in nocent smile every single thing makes me to inspire from her. Her  only words towards me will be "ALWAYS LOVE THE WORLD, WHICH YOU WANT TO CREATE, AND CREATE YOUR OWN HAPPINESS IN IT".

# REEMA BISWAS

She is Reema Biswas student of ayurveda college of bhopal. She is artist. She love to do sketching, drawing,  painting  and writing. She is socialist.

**Follow her on Instagram: re.ema465**

# औं माँ

मैं उसे देख कर लिख रही हूं,
वह मुझे देख कर मुस्कुरा रही है,
प्यार से मुझे बुला रही है,
प्यारी सी मुस्कान लिए,
आंखें भरी सोच में डूबी है,
लंबे बालों से भरे केशो में,
माथे पर बिंदी लाल लगाएं,
हाथों में खन-खन चूड़ी है,
सबसे प्यारी मेरी माँ है,
जी चाहता है उसे लिख लूं,
किताबों में उसे बयां कर दूं,
मगर हाथों को रोकना होगा,
इस पन्ने के आगे,
अब ना जाना होगा,
मैं उसे देख कर लिख रही हूं।

# माँ का दर्पण

उसने दिखाया मुझे राह,
बचपन से लेकर अब तक,
दीया हर कदम पर सहारा,
अक्सर दर्पण में मुझे देखने को कहती,
प्यार से मुझे हर बात समझाती,
कैसे रास्तों में आगे बढ़ना,
हरदम मुझे नई दिशा है देती,
मुश्किलों से लड़ती खुद भी,
मुझे भी लड़ना खुद सिखाती,
वह केवल अपना ना देखती,
अपनी परवरिश से, औरों का भी
दुख हरना सिखाती,
वह आगे होकर आती,
कभी हंसाती तो कभी डांट लगाती,
वह कोई और नहीं,
मेरी प्यारी माँ कहलाती।

# PAYAL KAMDI

Payal Kamdi from Maharashtra.
Penning her thoughts by penname Nityashree.
A girl with passion in writing mess with the heart and mind.The picking of ink and fell down of paper which cames along shadow. She believes that writing helps to concrete thoughts and manifest faster.

A heart is fill with love
Mind is a savoir of care
God bless me with sweet mother
To whom I called mummy mom
For all the details you can approach to her
Even if I forget my notebooks she ran and surrender to me
The first bite of food
Last day of my bad and good
Everyday is special in her presence.

My mother is my caretaker
Every role she plays faithfully
From the doctor to my first teacher
In the darkest night to brightesto side of my life
She stands like a wall
God bless with me beautiful heart
With her beauty my soul gets pacifies
She always whisper in my heart
She is guidance in tough part of life
A friend in every art of life

I am lucky to have beautiful mother
I am thankful to her every efforts.

# RASHMI BAWEJA

रश्मी इस कहानी की लेखिका बिल्कुल अपने नाम के अनुरूप ही सबके जीवन को प्रकाशित करती है। रश्मी हरियाणा के सोनीपत जिले की निवासी है। उन्होंने MCA किया है। उन्होंने अपना लेखन कार्य 2016 में प्रारंभ किया। वे बहुत ही स्पष्ट वादी है।वे फेसबुक पर HEART TOUCHING पेज पर भी लिखती हैं।https://www.facebook.com/rashmibaweja1993/अलग अलग विषयों पर वे बहुत अच्छा लिखती हैं। उनकी रचनाएँ पढ़कर दिल को सुकून मिलता है। दूसरों के मनोभावों को वे बखूबी समझती हैं। अपने अनुभवों व दूसरों को समझने के अपने हुनर के आधार पर ही वे अपनी रचना लेकर आई हैं। उन्हें इसके लिए बहुत बधाई। आशा है कि उनकी ये रचना सभी को बहुत पसंद आएगी और वे भविष्य में भी ऐसे ही लिखती रहेगी।

**Follow her on Instagram: rashmi_baweja13**

बिना कहे जो हर दुख को समझ जाती है।
हमारे लिए वो कुछ भी कर जाती है।
हम कितना भी सताये उसे जीवन भर।
वो हर दर्द हँसते हँसते सह जाती है।।

हमारे जीवन मे वो ख़ुशियों के भंडार लाती है।
हमारी एक मुस्कान के लिए वो सब कुछ सह जाती है।
दुनिया कितना भी खिलाफ हो जाये हमारे।
वो हमारी खातिर दुनिया से भी लड़ जाती है।।

माँ तो बच्चे के लिए अपना हर दर्द भूल जाती है।
कुछ ना होते हुए भी उसके लिए सब कुछ लाती है।
अपने बच्चे के लिए वो जीवन भर संघर्ष करती है।
खुद भूखे रहकर अपने बच्चे के लिए सब कुछ लाती है।।

बच्चे की एक ख्वाहिश के लिए वो सब कुछ भूल जाती है।
कुछ भी करके वो आने बच्चे के चेहरे पर मुस्कान लाती है।
कितनी भी पीड़ा सहन क्यों ना करनी पड़े उसे।
वो फिर भी बच्चे को इस दुनिया मे लाने का दर्द हँसते हँसते सह जाती है।।

# ANKITA SAHOO

Hello everyone, she is Ankita Sahoo. She is an introvert and a bibliophile and even an extremely passionate writer. She is currently doing her graduation in political science and is willing to be an IAS officer and serve the nation.

**Follow her on instagram: @ankitasahoo__**

# Mom's Love

She is the one who stands by us even when noone     wills to stand by us. She has given us life. She has carried us on her womb for nine months and by bearing and overcoming lots of pain, She has given us birth. Her value in our life can't be expressed. She is the incarnation of the almighty. Her words are always for our betterment. She is the one who guides us towardd the right path without any selfish desire. She is the only well wisher whom we can trust blindly,    with the assurance that she won't break our trust at any cost. Her words are my inspiration,   my motivation and my strength. She teaches me to move on going untill I achieve my goal.

# NILOFAR FAROOQUI TAUSEEF

Meet our co -author Nilofar Farooqui Tauseef,  born and brought up from Bihar Sharif, Nalanda but living in Mumbai. She is  Software Engineer in IT and loves penning down her thoughts, emotions through her writing. For her "Pen is a sword to bring r evolution". She wants to make  new changes in life by the motivational quotes or speeches.

**You can check her fb and instagram hand led - @writernilofar**

# माँ वरदान है

क़ुदरत तेरा हमपे बड़ा एहसान है।
माँ तो एक वरदान है।
तन्हा रहकर हमें पाला।
ख़ुद भूखे रहकर, खिलाया निवाला।

ख़ुद पसीने में रहकर, पंखा हमपे डुलाती।
गर्मी न लगे हमें, इसी ख़्याल में पूरी रात जाग जाती।

क़र्ज़ लेकर, कभी बोझा ढो कर हमें पढ़ाया।
जो दर्द व ग़म से गुज़रे, उसका पड़े न हमपे छाया।
तन्हाई में जी भर कर, रो लिया करती थी।
कुछ चुभ गया आँखों में, ऐसा कहा करती थी।
कुछ इस तरह हमें पाला है।
अंधेरे घर में किया उजाला है।

***

# माँ ही प्रथम गुरु

माँ ही प्रथम गुरु, माँ ही आधार है।
माँ ही जीवन की डोर, माँ से ही संसार है।
गर्भ में रखकर, जीवन देती।
दर्द सहती पर कुछ न कहती।
जीवन की हर पाठ पढ़ाती।
सत्य - असत्य की बात सिखाती।
वीर गाथा हमे सुनाती, बलवान हमें बनाती।
सभ्यता और संस्कृति की, पहचान हमें कराती।
माँ है तो उपकार है, माँ से ही जीवन सार है।
माँ ही प्रथम गुरु, माँ ही आधार है।
क़दम से क़दम मिलाकर,
हमें चलना सिखाती।
गिर जाए तो उठाकर,
सम्भलना सिखाती।
दुनिया की हर शक्ति कम है।
माँ की ममता में इतना दम है।
माँ दवा है, माँ दुआ है, माँ ही जीवन का उद्धार है।
माँ ही प्रथम गुरु, माँ ही आधार है।

# DEBANJALI ADHIKARY

Class 12 student

# Now

I don't have a mother
Doesn't live in my poetry
Infinite worldly morning evening mother's hymn
Uposi body with a garland of smiling flowers on her lips
Pujo's house was full of peaceful joy
Suryav lalapere sari slope spread on the head.

Blessed is the fragrance of the heart
Now
In the abyss of the words of my poem
There is a boy with my wife
Return to independent walking morning evening noon night
I am the accomplice of retail naughtiness.

As long as Shearer was a mother
My house was the door was the exuberance of pride
The brightness of the touch of water touching the ground of
all the sky

The success of keeping the head high by touching the
mother's feet with both hands.

"Mothers love is a priceless treasure"

# NEETI YADAV

Neeti Yadav is an introvert person with a deep ocean of feelings and love. Her writings are emotions based and heart touching.

**Follow her on Instagram: @neetiyadavauthorofficial**

# Her Words, My Inspiration

Those few words
last meeting with her
broke me.
Her words were
poison but I
chose to survive.
It was painful
but being strong
was I could do.
Her words
taught me
to be silent.
Her words
are an inspiration.
I let go of her
I chose to live
I went away
and found me!
Truly said,
her words inspired me!

# GRISHMA NINAVE

Grishma Ninave was born and brought up in the Orange City, Nagpur. She is a Science graduate and an avid reader. Thriller is her favourite genre. Currently  she is working as a Project Head at Flairs & Glairs  Publication House. Published in the Editorial se  ction of a national magazine as "  Aaj Ki Womaniyaa", in the fir st edition of 2021. She won "Be t  he Change award 2021 " organized by OMG book of records. A firm believer that happ iness is no t something that you find, it's something that you create. She loves travelling, blogging and listening to music.

**Follow her on Instagram: @grish_ninave**

# Maa - A Blessing

Since the time I first wrote something on my own, my mother was right by my side. I had planned never to look back. I eventually became a book reviewer and then a compiler. My mother always respected the zeal in me and helped to tighten that grasp whenever I was about to fall apart.

This is a little incident that I remember from a book launch. Sudeep Nagarkar was visiting and mom felt so happy that a fellow Marathi has achieved phenomenal heights in this field. I was very nervous but she held my hand and reminded me that I was a blessed one to be at that place at that time. When she talked to Sudeep Sir, she went on and on about how proud she was of me and how she shared equally my dream of writing.

In the end, Sudeep sir said a little thing, and since then I have always kept in mind that my mother is nothing less than a blessing in my life.

Want to kno w what he had said? He said, " She reminds me of how my mom used to be when I was her age!

# MANSI MUKUND RELEKAR

Mansi Mukund Relekar (23rd December 2005): She is a young writer, 15 years old, who started writing a few months back. Good thoughts and reading inspired her to write. Mansi is liked by everyone and hopes her writing will be liked     by everyone. She has a very caring and loving personality.

Always and forever there's a women behind me,
Yes she's my mother.
Oh mighty lord I thank you to send me an angel,
To whom I get to call my...... Mother.

She's guided me the best she can,
She's taught me to be the one I am,
She's been with me throughout my
life, she's been with me as I've grown.

Got up and inspired by the words she used,
Helped me to get every goal in life.
Like no other she is,
An beautiful angel who helped me win.

Motivation, love and care I got,
From no one else but my mother.
Like Christ for example,
Her Saviour's love she'll share like no other.

# SUSHMITA RAY CHOUDHURY

Hi it's Sushmita, She's  17 years and she expresses her every feeling of life through words and in form of poetry and she feels happy and bless doing that. She's writing poems since she was of 7 or 8 years she had lost track to that after few years but then when she took another shot she understood she can do it. And she also love  s to write songs, sing and play guitar, read novels and much more. She's very happy that her poem is getting published because it's like dream come true. And she believe s in a quote of writer it's  "A real writer can satisfy everyone's thirst but not themselves, that's the real one". Thank you and she hopes you enjoy her poem.

**Follow her on Instagram: teengirl_sushmita**

# Mamma - The Whole World Herself

If I could get rebirth to this planet
I would take again to my mom's belly
She's the most safest person and place
In the whole world of lies and decisiveness

She did more than everything for me
But still I get nerves when I try to say
I love you mamma just am not able
Maybe it's just me or more like me
Who couldn't express themselves
To the most holy spirit of God

Her heartbreaks right when someone breaks mine
Ask her how's she you'll get reply I'm fine
Even though she's dying and crying inside
But she'll never share her pain and secretly lies


The whole universe lets me down when I do wrong
Only she picks me up seeing my faults and failures
She's like oyster where she keeps her pearls safe
From every deadly monster lives nearby
She's the only one who corrects you for your own
Still everyone of us doesn't care her as much she does to us...

# NAMISHA BARIK

Twinkling of star s go by her name   -Namisha Barik, hailing from Odisha .
An excellent tutee with hidden talents of different tastes .Adore to narrate her thought through nib , and love to moderate herself with the lines.

**Follow her on instagram: nami_ii_**

# "Ladylove"

A creation of God's great beauty,
no tears with earthly cares,
only peace and joy forever,
and love beyond compare.
A mother just like you,
Only a heart as dear as yours,
Would give so unselfishly.
Many a things that you have done,
all the times that you are there,
help me know deep down inside,
how much do you really care.
You always my angel,
You hold my heart,
right from the very  start,
show me what's right and
hold me tight.
You make us laugh, at times of hards.
Your admirable smile appears,
then the troubles disappears.
Your arms always wide open,
safest place to hide and rest on.
Your hands are magic,
seeming that they can do it all.
You wipe my tears and
chases away my fears.
You clap and cheers,
and carry us through the deadliest fear.
You play, fold and pray for betterment of all.
You know how to bake with patience,
lots of pains and cakes.
With each year, you are growing more beautifully older, you
are magnetic.
Of all the things you can do,

I'm naming a few.
You have proved it in so many ways,
that it's special mother's style ,that fares.
One thing for sure,
I can't ask for more,
with endless love as years passes by,
You win best maa in everyday.

# SUREKHA WANKHEDE

Surekha Wankhede belongs to Orange City, Nagpur, Maharashtra.

She is persuing  her graduation in B. Pharmacy course from RTMNU University. She writes in every type of genre, which considering where you are reading this   , makes perfect sense.

She's  best known for English poetry. She writes on every topic, she looks most innocent girl      but her mind is filled with lots of creative and interesting stuffs. Passionate about her work, in love with her family and dedicated to spreading joy and light of her uniqueness.

She is working as Project head and head of the TRIDESTA magazine dept. at  The Opus Coliseum Publication. She wrote her magic just like the chemistry.

Do follow her to know more about words chemistry.    Find her on instagram:- **@nuance_sayings** Facebook  : - **Surekha Wankhede**

# My Mother - My Heartbeat

She is the one who knows my hidden pain,
She is the one who understands me more than myself,
She is the one who knows my likes and dislikes better than
me,
She is the one who care for me more than myself,
She is the one who loves me more than myself,
Yes, she is the one who do, did and still she's doing
sacrifices for me.
She is the one for whom my heart beats every second.
She is my mother, my life and m y everything belongs to
her only.

# RAJESH SATPATE

नमस्कार प्यारे दोस्तों,

यह राजेश सतपते है। वे उप्पूगुडा, शिवाजी नगर हैदराबाद के निवासी हैं। वर्तमान में मै पीजीडीबीएम की पढ़ाई उस्मानिया विश्वविद्यालय से कर रहे है इन्होंने एम.टेक,बीएससी, बी.टेक, किया है। इनके परिवार में इनके पापा और माताजी (श्री रामदास और श्रीमती कलवाती बाई सतपते के साथ छोटी प्यारी सी बहन हैं जिसका नाम सतपते सुनीता (बी ए - की पढ़ाई डॉ.बी आर अम्बेडकर सार्वत्रिक विश्वविद्यालय से की है। इन्होंने लेखन प्रतियोगिता 8 वर्ष की उम्र से किया है, बाल कविताएं, निबंध लेखन, कहानियां विद्यालय और विश्व विद्यलय में पढ़ते हुए " दैनिक हिन्दी मिलाप वार्ता पत्रिका" के माध्यम से की है। इन्हें अभी तक लेख , कहानी, व्यंग और कविता लेखन प्रतियोगिता में  " दैनिक हिन्दी मिलाप वार्ता पत्रिका" की ओर से राष्ट्रीय स्तर पर पुरस्कार जानी मानी राज्य सरकार की राजनैतिक हस्तियों द्वारा प्रदान किया गया है।

संपर्क सूत्र: Instagram I'd: rajesh.Satpate,

E-mail: smsrks18@gmail.com

# माँ का प्यार

बहुत टूटा बहुत हारा हूँ मैं,
अपनी किस्मत का मारा हूँ मैं,
फिर भी जीने की आस है दिल मैं,
जैसा भी हूँ अपनी माँ का राज दुलारा हूँ मैं।

हर अधूरे प्रश्नें का मैं जवाब हूँ,
जो पूरा न हो सके मैं ऐसा ख्वाब हूँ।
कुछ लोग कहते हैं कि बड़े बदसूरत हो तुम,
पर जैसा भी हूँ माँ के नजरों में लाजवाब हूँ।

पानी को मथने से नवनीत नहीं मिलता,
बिना भावों के गीत नहीं बनता।
बड़े अभागे होते हैं वे लोग,
जिसे माँ का प्रीत नहीं मिलता।

हर दर्द की दवा है माँ, संकट मोचन हैं पिता,
जिसने भी इसका सम्मान किया,
उसने हीं दुनिया को जीता।
सभी धर्म ग्रंथों का यही स्वर है,
चाहे पढ़ो कुरान, साहिब या गीता।

बुरे वक्त में परछाई भी साथ छोड़ देती है,
पर्वतों के ऊँचे कद देख हवा भी रूख मोड़ लेती है,
माँ से ज्यादा सच्चा प्यार कौन करेगा तुझे,
बच्चों की खुशी के लिए वह फ़टी चादर भी ओढ लेती हैं।

# अधिकार वाला प्रेम-

जिस प्रेम पर आपका अधिकार हो, जैसे माँ का प्यार, उसकी बात ही कुछ और है। यहाँ आप थोड़ी लाड़-दुलार की भी उम्मीद रखते हैं। आपको पता होता है कि आप अगर रुस जायें तो मनाने कोई आएगा। पर जहाँ आपका अधिकार नहीं बनता, वहाँ पर लाड़-दुलार की उम्मीद तो ख़ैर रखिये मत...निराशा ही हाथ लगेगी, बल्कि जो स्नेह-प्रेम आपके समक्ष प्रस्तुत भी किया जाता है, वो महज़ दया-दान सी लगती है।

लोगों के प्रेम परोसने का ढंग भी अजीब ही है वैसे, वे बस औपचारिकता मात्र करते हैं और समझते हैं वात्सल्य की गंगा बहा दी हो जैसे। इस औपचारिकता वाले प्रेम का पता लगना कोई इतनी महीनी का काम नहीं है वैसे, जाने-अनजाने देर-सवेर आप अनुभव कर ही लेते हैं। फ़िर किसी दिन यूँ ही अनायास आप सवेरे उठकर बोरिया-बिस्तरा बांधकर इस मिलावट वाले प्रेम से पलायन कर जाते हैं और अधिकार वाले प्रेम के पास 'घर-वापसी' करते हैं।

औपचारिकता वहीं दूर संभ्रमित-सी खड़ी रहती है, और सोचती है कि आखिर हो ग

# SHREYA POKHRIYAL

Shreya Pokhriyal is a college student.She     is too small but started her career a way in 2019 by joining as a co      -author in the book name 'Faded Memories'. It's her first anthology. She has been worked in 100+ anthologies.
**Her instagram handle is @An_anomalous_poet.**

# An Inexpressible Bond

The feeling I had with her was so pure like a soul,
I complete her as whole.
She is has power to give birth to all,
But why everyone considered her small.
She has power to sacrifice,
Everything happens in her life without her fault but still she
always apologize.
Her tolerance limit can't be measured,
But she has all motherly pleasures.
As she is my mom and a beautiful friend,
Which never let me down in every end.
The bond we share is like no one other.
Our relationship is similar like Tom and Jerry,
And her favorite cake is pineapple with cherry.
We fight, we care and everything we loves to do
But we can only enjoy when we are two.
We share all our secrets to each other,
And nothing that's bothers.
The bond we share is like no one other.
The words are limited to express,
But the feeling is difficult to suppress.
I love you mom you are the best in the whole world.
No one can replace you every from my heart.
The bond we share is like no one other.
From childhood to now we are same like before,
There is no issues between us of ignore.
Here is a small glimpse of our relationship,
And in difficulty we became a team to fight every battleship.
The bond we share is like no one other.

# A Mother

Mother is the one who loves and cares,
Mother's hand is the one that bears,
Mother's hands are the one that protects.
Mother's hand is the one that rocks,
Mother's hand is the one that gives and not takes,
Mother's hand is not smooth,
As her hand is the one that bakes.
Mother's hand is like that of an angel,
Mother's is the one that grew us this far,
Mother's hands is the most blessed one,
Mother's hands is the one that prays,
Mother's hand is the one that's most dear.
Mother's hand is the one that is warm,
Mother's hand is the most compassionate,
Mother's hand is the one most sincere,
Mother is all above me.

# YASHARSH KIYAN

His name is Yasharsh Kiyan. He is 17yrs old. He has a sister her name is Shanaya Stasia. His Mother's name is Sangita Kumari and his father's name is amit kumar. He read in class 12th.

He is from Rps residency umesh singh rps more, judges colony, bailey road, patna in bihar pincode 801503. His Hobbies are singing wr tting lyrics/poem/shayri/ghajal & script and he want to be singer, composr, lyricist & buisness man.

For more shayri content,

**You can visit his instagram profile _shayarokimehfil_.**

# माँ मेरी लिए जन्नत

तुम उन्हें बोझ बोलते हो
जिनकी वजह से तेरी जिंदगी है
अरे पूछो उनसे जिन्हें कभी
माँ बाप का प्यार नहीं मिला
वो लोग जन्नत जैसी जिंदगी
को भी जहन्नुम बोलते है

और कुछ ऐसे लोगो के पास
माँ बाप का प्यार है
जो ना जाने क्यों उन्हें ठुकरा के
शान-ओ-शोहरत में जन्नत खोजते है

और एक और बात जान लो यारो
माँ से बढ़कर कोई खुदा भी नहीं
तुम चाहे उन्हें जितनी भी तकलीफ दे दो
फिर भी उनके हर अलफ़ाज़ में तुम्हारे लिए
दुआ ही मिलेगी कभी बददुआ नहीं ।।

# मेरी माँ

अब क्या लिखूं उस माँ के बारे में
जिसने खुद मेरी ज़िंदगी लिखी है
जी हाँ वो मेरी माँ ही है जनाब
जो मुझे खिलाने के चक्कर में
कई बार खुद बिन खाएं रही है
और ए खुदा इतने अल्फ़ाज़ भी कहा है
की माँ के तारीफों में तो
शब्द भी कम पड़ जाते है
की बस इतना ही बोलूंगा मै
क्या सपनों में भी अगर
माँ से दूर रहना पड़े मुझे
तो यहाँ निगाहें हकीकत में भर जाती है ।।

# PRERNA SINHA

प्रेरणा सिन्हा अपने स्नातक स्तर की पढ़ाई करने वाली एक छात्रा है।ये पटना, बिहार से है।ये काफी समय से लिख रही हैं।लेखन उनका जुनून है और वह अपनी भावनाओं और अनुभवों को कविताओं में ढालने की कोशिश करती है।वह मानती है कि जीवन स्वयं को खोजने के बारे में नहीं है, जीवन स्वयं को बनाने के बारे में है।

**Follow her on Instagram: Prerna_s_sinha**

# मेरी माँ, मेरे जीने का सहारा

माँ मेरे खुशियों का घर है
माँ से ही मेरा आँगन है
वो छुपा के मुझे हर ग़म से खड़ी है
मेरी माँ से ही मेरी हस्ती है
जिसने सब सहकर मुझे बड़ा किया
मेरे सपनों के लिए वो सबसे लड़ी है
खुद डर कर भी मुझमें हौसला भरती है
अपने दुखों को मुस्कान के पीछे रखती है
हाँ मेरी माँ में मेरी जान बसती है।।

# SAPNA KUSHWAHA

सपना कुशवाहा अपने स्नातक स्तर की पढ़ाई करने वाली एक छात्रा है।ये प्रयागराज, यूपी से हैं।
ये काफी समय से छोटी छोटी कविताएँ लिख रही हैं।
वह अपनी भावनाओं और अनुभवों को शब्दों में पिरोकर कविताओं में ढालने की कोशिश करती हैं। वह मानती है कि "ज़िंदगी हमें सफल होने का बार बार मौका देती है बस उसे पहचानने की ज़रूरत होती है।"

# "माँ तेरा साथ"

माँ तेरा साथ मुझे जीवन भर चाहिए
माँ तेरा हाथ मुझे जीवन भर चाहिए
माँ तुम साथ रहो हर मोड़ पर मेरे
माँ तेरा आशीर्वाद मुझे मेरे साथ सदा चाहिए

तेरे एहसानों का कर्ज मुझे साथ रह कर चुकाना है
तेरे लिए जीवन में कुछ बड़ा करके दिखलाना है

तेरे लिए कुछ कर पाऊँ यही मेरी ख़्वाहिश है
तुझे एक सुंदर जीवन दे पाऊँ मेरी इतनी सी फ़रमाइश है

माँ तेरा साथ मुझे जीवन भर चाहिए
तेरे हाथों में अपना हाथ मुझे जीवन भर चाहिए।।

# VEDANSHI SAXENA

Vedanshi is a high school student who dreams to become a doctor one day to help people in need. She started writing at a very young age and is   a proud compiler and co  -author in more than 10 anthologies.

She loves to DIY and to make meaningful pieces which enhance the home decor and pleases her mom too.

**Follow her on Instagram:  Vedanshiii.ii**

# माँ

कितना प्यारा है ये शब्द,
कभी अम्मा, कभी मम्मी
कभी सहेली बन जाता है।
समझना चाहे जब कोई,
पहेली बन जाता है,
मेरी जीत हार पर भी मुस्कराता है वो चेहरा।
सच कितना पयारा है वो चेहरा।

कितना दर्द सहती हैं तब भी मुस्कुराती हैं माँ।
मुझे हारते देख डर ना जाये, इसलिए खुद ही हार जाती हैं माँ।

# MS. ISHRAT JAHAN
# NOORMOHAMMED KHAN

Ms Ishrat Jahan  Khan is a passionate Teacher and a Writer she loves reading and writing. Loving and caring  is her hobby. And keep learning  and accept the positive suggestion is her quality.

She belongs to North India and stays at Ulhasnagar (Maharashtra).
Love humanity always.

# My Inspiration

She never denies
She never shy
To whom I look for suggestion
She becomes my inspiration

She loves me without expectations
She cares me without suggestion
She never makes me sad
Sometimes she for me with dad

She is none other
She is my mother
She always cares
For me she always dare

She is queen of my home
She is none other than mom
She is my heart
I am her heart

# SONAL GUPTA

Sonal Gupta, an enthusiastic debator, National level film maker and a  passionate published writer has participated in several international conferences and wants  to achieve much more in future. With her interest towards community service, she is the Founder - President of Cyber Port, an organisation that works to spread awareness about the Cyber World. Apart from  that, she volunteers in  several NGO's and also  is  an inspiration for many people.

**Follow her on Instagram: Sonal_guptx**

# Healing Touch

In every hemisphere of my life,
I am assured that the shadow of your blessings is always with
me
A single flicker of my eyes,
Is enough for you to know the whole story
My dreams, my stories, my whole life is what always
revolves in your mind,
More than me you toil to make my dreams come true
From being my best friend to my life jacket,
I admire the way you maestro every role so efficiently
I wonder how you laugh at my every stupid joke,
Maybe the smile which I get after that appeals you the most
To see my jolly face, you work day and night
I remember those painful nights whenever I was curbed in
pyrexia,
You were the one who rested my head on your laps
Unlike my other friends, I am never able to hide something
from you
Because the butterflies in my stomach pops up to tell you
I lie to the whole world, but even if I try I can never lie to
you
At the end of the day my soul is connected with you
Maa, please never stop nagging me else from your princess
I'll become a scoundrel witch
Â I can never define how much I love you
Just wanna say please wipe that tear in your eye
Because I will never always love you

# एक माफी पत्र माँ के नाम

आप से ज़्यादा तो मैं किसी से प्यार नहीं करती
और मैं जानती हूं मेरे से ज़्यादा आप किसी से प्यार नहीं करती
माँ आपकी मुस्कुराहट तो मेरी खुशी है
कभी कभी गलती करती हूँ और आपका दिल दुखाती हूँ
पर जानकर ऐसा कभी नहीं करती
माफ करना मुझे अगर आपका दिल मेरी वजह से टूटा
आपको परेशान करके दिल है मेरा रोता
आप प्यार से डांटो तो आपकी हर बात मान लूं
पर जब आप गुस्सा करती हो तो दिल बेचैन हो जाता है
नादानी में कभी कबार गड़बड़ कर देती हूँ
जानकर ऐसी कोई चीज करने का इरादा नहीं होता
बचपन में तो आप बहुत प्यार करती थी
पर अब आप मेरी एक बात नहीं सुनती
पहले तो आप हर बात मान लेती थी
पर अब मेरी हर चीज पर 100 प्रश्न कर देती
जो आप कहोगे वही मैं करूंगी
पर आपके प्यार की कमी मुझे क्यों है हगेशा लगती
मुझे किसी से फर्क नहीं पड़ता सिर्फ आपसे पड़ता है माँ
आप भी ऐसा करोगी तो किससे क्या ही बोलू में
मेरी यह माफी कबूल कर लो
और मुझको अपनी बाहों में भर लो मुझे सिर्फ आपका सर गर्व से
ऊंचा करना है
और सारी जिंदगी आपकी परी बनकर रहना है

# PRATYUSHA PATTANAIK

Pratyusha Pattanaik is from Cuttack odisha. She is studying in class 10 at DAV PUBLIC SCHOOL CDA CUTTACK. She is 15 years old.

She is a writer by passion. She has written around 80 poems and 20 stories. She is a co-author of 80+ books and she is the author of her own book "THE MORNING'S COFFEE".

She also has written many Articles and open letter. She is a "Story writer"

in a Prod uction house of Ollywood industry in her state. Purpose go viral is her company where she is currently a story writer, with this writing also she is a "SOCIAL WORKER".

She is appointed as the "PUBLIC RELATIONSHIP DIRECTOR" of a Goverment Registered trust "  AwAAkeN ". Awaaken is a trust that work s for "Cancer Patients". It provides awareness and monetary help to cancer patients. She had visited many cancer hospitals and old age homes . She is also a singer, she has represented her school in various state level competition. With that she is also a district level dancer and won many prizes. She is also a painter and she has also      won many prizes in painting too  . She aims to be a  n IAS officer in future.

**Follow her On Instagram:  prats_xx**

**My mother- my inspiration**

Oh mama, you filled my days with colourful lights
Fairy tales and sweet dream nights
A kiss to wipe my tears
That erase all my fears
I thank u for all your care
For deep hugs and being there
You are who, who bears the sweetest name
And add shine to the same
You hold my hand tightly till my last breath
Which will unable me to go to a hell of death
Your love is something that no one can explain
Which is made up of sacrifice and pain
There is no other
Who takes the place of my sweet mother

# ANJALI VADHVANI

इनका नाम अंजलि वाधवाणी है! ये आंनद गुजरात से हैं! इन्होंने गुजरात युनिवर्सिटी गांधीनगर से B.Com किया है! अभी ये गृहिणी है!

# माँ...!

भगवान का दूसरा रूप होती है माँ!
जग से प्यारी सब से न्यारी होती है माँ!

हर मुश्किल का हल होती है माँ!
बिन कहे दिल का हाल समझ लेती है माँ!

जीवन की पहली दोस्त होती है माँ!
हमारी हर गलती को माफ कर देती है माँ!

हमारे पहले कदम को देखकर भावुक हो जाती है माँ!
हमारी परवरिश में खुद को सौंप देती है माँ!

हमे उदास न कभी होने देती है माँ
अपनी ममता के आँचल में छुपा के रखती है माँ!

ऐसा निस्वार्थ प्यार करती है माँ
खुद भूखी रह हमारा पेट भरती है माँ!

धरती पे जन्नत का द्वार होती है माँ!
किस्मतों से नवाज़ा उपहार होती है माँ!

# SHREYASI RATH

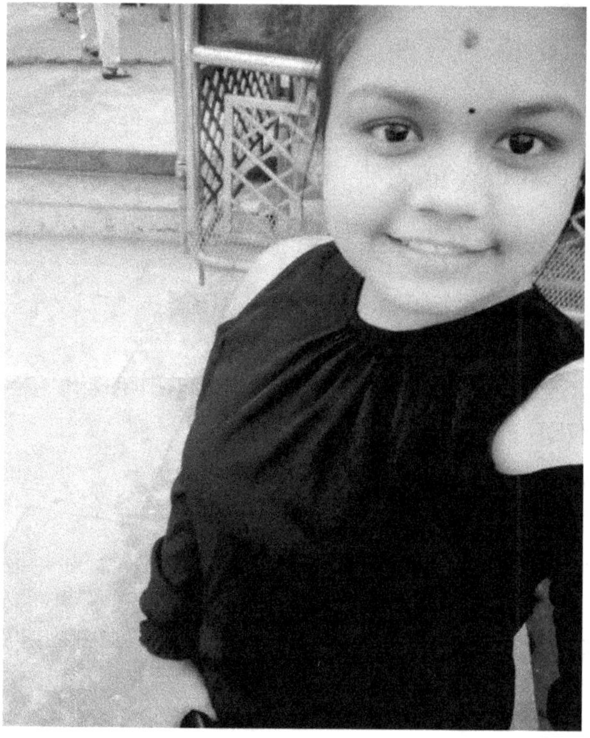

This is Shreyasi  Rath, an imperfect writer of 14 years old. She hails  from  Sambalpur,  Odisha.  Currently,  a pupil  of class 10th. She is a crazy lover of her pen and overthinking. She made her bond with pen wh  en she was 9 years old. She has  50+ rewards related literature an   d contributed in 25+ anthologies. She is a voluble extrovert and a   n open-hearted girl with a complicated heart.

**Follow her on Instagram: shreyasi_rath**

माँ, तेरे क्रोड़ में करोड़ का अनुभव है
तेरे ही आशीष से सब संभव है
कहती तू मेरा जीत ही तेरा गौरव है
तुझसे ही हर शब्दों का प्रसव है
तेरा एक पहचान ही सौष्ठव है
इन धड़कनों में तेरे नाम का रव है
इन रगों में लहू भी तव है
माँ, तू ही तो सम्पुर्ण भव है॥

माँ, तू मेरी पहली बोल है
मेरी स्याही की तू बल है
तेरा कोई मोल नहीं तू अनमोल है
तेरी इस नन्हीं गुड़िया के लिए तू अमोल है
मेरे हर संकट का तू हल है
तेरा ही प्यार जहाँ न कोई छल है
सुकून देता तेरा कोख और आँचल है
माँ, तू देव मेरी, तू ही मेरी देवल है॥

गाँ, तू मेरे हर कदम की हौसला है
छप्पन भोग से स्वादिष्ट तेरे हाथों का निवाला है
किसी हीरे से मजबूत तो तेरा फैसला है
ऊँगली पकड़ तेरे चलूँ इसलिए तेरा हाथ मिला है
गिरती हूँ आज भी तो तूने ही संभाला है
तेरे नाम बिन सूना लगता वर्णमाला है
तू वो चाबी जिससे खुलता मेरे दिल का ताला है
माँ, तू बिन बताए समझ लेती यह कैसा कला है॥

माँ, चीनी से मीठा तेरा प्यार है
घबराऊँ जब कानों में गूँजे तेरा पुकार है
तू ही हम सब की रक्षण दीवार है

आखिर और कितने जिम्मेदारी तेरे सिर सवार है
मेरी हर अच्छी आदत तेरा दिया शिष्टाचार है
हर विजय का तुझसे आविष्कार है
तेरी ममता नभ सा अपरमपार है
माँ, तेरे चरणों में सृष्टिकर्ता का नमस्कार है॥

# ANDLEEB KAMAL

She is Andleeb  Kamal hale from Uttar Pradesh Moradabad. She is fond of writing poetry and micro tales. She is learning novel writing currently and focusing on their career as Content Writer as well as Ghost Writer.

**Follow her on Instagram: Andleeb.kamal**

# My Mother - My Love My Queen

A child when becoming a girl,
Further becoming a wife and the mother,
A wonder of waves of life begins.

My mother is the biggest inspiration.
She holds me when I fell.
She forgives me for my mistakes.
She is the Queen of our small house.
Her ways are unique,
As tricky as sales.
With deep fountains of thought power,
She is supreme to handle all flairs of fluctuations of life.

Her affection is distinct.
Her supervision is leading us to the perfect steps.
Though she is as beloved as I can not express.

She is my love, she is my queen.
With the fellowship of devotion and attention we achieved.

# NIHAL CHHEEPA

नाम-निहाल छीपा उपनाम- नवल शिक्षा- एम एस सी चतुर्थ सेमेस्टर बॉटनी में अध्यन्नरत साहित्यिक संस्थाएं- चेतना मध्य प्रदेश गाडरवारा काव्य सरिता साहित्ययिक संस्था गाडरवारा रेवा साहित्यिक मंच कौड़िया दूरदर्शन मध्य प्रदेश के काव्यांजलि में काव्यपाठ मुक्ता मैगज़ीन दिल्ली, विजय दर्पण टाइम्स नई दिल्ली राजनैतिक क्रांति भोपाल, दैनिक भास्कर आदि पत्र पत्रिकाओं में रचनाओं तथा लेखों का प्रकाशन होता रहता है

# माँ की भगवद्भक्ति

माँ की गोद में जब मैंने नयनाभिराम खोले थे ।
माँ ने अपने मुख से पावन शब्द सीताराम बोले थे ।।
माँ को सीताराम पतित पावन शब्द अतिप्यारा है ।
सीताराम की महिमा गान जग में अतिन्यारा है ।।
रामनाम का सुमिरन कर माँ मुझसे कहती है ।
सीताराम की माला सारी विपदा हरती है ।।
माँ की भगवद् भक्ति में राम नाम पालनहार है ।
रामनाम का जाप करो कहती होता बेड़ापार है ।।

# GARGI GHOSH

A girl who lives in  Berhampur district of Murshidabad.  She has completed her Master's degree in English literature.writing is her passion. Painting, Yoga, Singing , Dancing also her hobbies, but she writes just for two reasons. One, it's her passion & second,   she always wants to spread positive vibe & love at  her society.she is very happy today because she writes about her best friend.her mom.she is very close to her mother  .
**Follow her on Instagram: @bong girl gargi 12**

# Mother & Daughter

Mother is the  first friend.
Mother is our best friend.
She is also my forever friend.
Mother's love is pure
Mom is only person
Who knows us best.
Mother's love is
Deep, all accepting,
Nourishing, nurturing warm,
Safe supportive love
So, mom I want to say  something,
Maybe you know this thing.
Now matter how much
I say I love you,
I always love you,
More than that.
You have my whole heart
For my whole life.
Love you Mom

Flairs and Glairs, a platform by a student for   the students. We are esteemed youth struggling to carve out our path for our future and we follow a basic mindset Since everyone is not born with all    -round skills. Joining hands with people who are born to execute it with perfection is the best way to evol    ve. Self -Evolution is the need of the hour but, evolving as a community is what we strive for. The initiative as kickstarted by, Founder  - Mr. Shubham Shah with the motive to utilize the skillset and talent of writing has now a team of 10+ people who are ac    tively participating into newer forms of learning and discovering talents among youngsters.    We Provide platform and services like Publishing opportunities, Open mics, Workshops, Hands -on training. Operating with Brand Name of Flairs and Glairs   (Publication House), we offer the chance of elevating a passionate writer to an esteemed author    With Brand name Teekhe Zasbaaat. We bring to you an opportunity to get accustomed with the Public Speaking and Presenting of Thoughts along with regular challen ges to brush up your inking spirit.    The newest initiative to extend our services we introduced in a new writing Platform- The Glittering Fables and Ink Over Tears.

*We Choose to Fly Like A Falcon than to be*

*a Leg Pulling Crab.*

To Know More:  Infoline – 7781900870
Mail Us At-
flairsandglairs@gmail.com / info@flairsandglairs.in
Or Visit is at
www.flairsandglairs.com / www.flairsandglairs.in
Social Handles- @flairsandglairs @teekhezasbaaat